「だめだよ。ガータートスをやるためには、
花婿がドレスの中にもぐりこんで、
花嫁のガーターを
口で外さなければいけないんだから」

花嫁は男子校の帝王♥

♥

南原 兼

イラスト／サマミヤアカザ

もえぎ文庫ピュアリー

CONTENTS

花嫁は男子校の帝王♥

花嫁は男子校の帝王♥

Mariage★1

〔偽りのマリアージュ★〕

真紅《しんく》の花びらで埋《う》め尽《つ》くされたヴァージンロード。

ステンドグラス越しにきらめく純白の光の下で、牧師《ぼくし》の声が、まるで蜜蜂《みつばち》の羽音《はおと》のように眠たげに響《ひび》いている。

今まさに新たなる航海へすべり出そうとする船をイメージして造《つく》られた、シーサイドの高層ホテルの、海に向かって突き出した舳先《へさき》の部分に併設《へいせつ》された教会の中……。

「汝《なんじ》、この者を妻《つま》とし、良き時も悪しき時も富《と》める時も貧《まず》しき時も、病《や》める時も健《すこ》やかなる時も、ともに歩み、死が二人をわかつまで、とこしえに愛することを誓《ちか》いますか？」

「誓います」

おごそかに答える声が、どこか遠くに聞こえる。

とろりと滴《したた》り落ちる甘い蜜《みつ》を連想させる美声だ。

けれど、すぐにまた、妙《みょう》に眠気を誘う牧師の声が替わって続ける。

「汝、この者を夫《おっと》とし、永遠《えいえん》なる愛を誓いますか？」

春も盛《さか》りの昼下がり。外は薄手《うすで》のシャツ一枚でも汗ばむほどの陽気《ようき》だが、教会の中は、冷房がほどよく利《き》いていて、自然と目蓋《まぶた》が重くなる。

「新婦《しんぶ》？　新婦！」

繰り返し呼びかけられて、朝比奈優真《あさひなゆうま》は、びくりと顔をあげた。

「え？　あ……」

牧師が呆《あき》れ顔で、縁《ふち》なしの眼鏡越《めがねご》しに、上目遣《うわめづか》いにこちらをにらんでいる。

（しまった！）

どうやら立ったままで、うっかりうとうとしてしまっていたらしい。

それも、自分自身の結婚式の最中に。

とっさに笑ってごまかそうとするが、顔がこわばってうまくいかない。

そのとき、となりに立っていた男が、スッと顔を寄せて、優真《ゆうま》の耳元にささやいた。

「緊張しないで」

今しがた優真《ゆうま》に永遠の愛を誓ったその声の主は、シルクの長手袋をはめた優真《ゆうま》の手を、指の長い男らしい大きな手でぎゅっと握りしめた。

「大丈夫だよ。僕がついてる」

甘ったるいまなざしで優しく微笑《ほほえ》みかけてくる新郎《しんろう》の名は、朝比奈鷹矢《あさひなたかや》。

優真《ゆうま》とは同い年の又従兄弟《またいとこ》で、頭脳明晰《ずのうめいせき》、容姿端麗《ようしたんれい》、スポーツ万能。その三拍子《さんびょうし》に加えて、性格まで極上という、四拍子そろった朝比奈本家《あさひなほんけ》の末息子《すえむすこ》である。

（いや。俺だって、体力と性格を除けば、ほかは全然負けていないはず！）

鷹矢《たかや》のすらりと伸びた姿勢のいい長身《ちょうしん》を見上げて、優真《ゆうま》は唇《くちびる》を咬《か》む。

（身長も少しばかり負けてはいるが……）

だが、今はそんなことで鷹矢《たかや》と張り合っている場合ではなかった。

「誓いますか？」

咎《とが》めるような咳《せき》ばらいのあとに、牧師《ぼくし》にあらためて問われる。

一様《いちよう》に息を殺してなりゆきを見守っている列席者《れっせきしゃ》たちの、無言の催促《さいそく》に負けて、優真《ゆうま》は吐《と》息《いき》まじりに渋々《しぶしぶ》とうなずいた。

「……誓います」

婚礼《こんれい》のメインイベントである誓約《せいやく》の儀式《ぎしき》が、どうにか無事に執《と》り行われて、周囲から安《あん》堵《ど》の吐息《といき》が洩《も》れる。

しかし、主役である優真《ゆうま》の気分は、これ以上はないというほど最悪だった。

ここ数日まともに眠れていないし、タイトなウエディングドレスは窮屈《きゅうくつ》だし、強く握りしめられたままの鷹矢《たかや》の手をむげにはらいのけるわけにもいかないし。

（ていうか、なんで男の俺が、花嫁《はなよめ》なんか、やらなきゃならないんだよ！）

いくら可愛い妹のためとはいえ、身代わりに花嫁役を引き受けてしまったことを、優真《ゆうま》は心の底から後悔《こうかい》していた。

運がいいのか悪いのか、優真《ゆうま》と双子の妹の優華《ゆうか》とは、遠目《とおめ》には区別がつかないほどよく似ている。

そのせいで、式に列席《れっせき》している親戚たちも、二人が入れ替わっていることにまったく気づいてはいないようだ。

ふわふわしたヴェールの陰から、ちらりと参列席《さんれつせき》を窺《うかが》うと、優真《ゆうま》のスーツを違和感なく着こなした優華《ゆうか》が、『がんばれ』というように小さく片手を振るのが見えた。

最前列で車椅子《くるまいす》に腰かけ、新しい恋人だという噂《うわさ》の若くて美人の秘書になにやら耳打ちしながら、満面《まんめん》の笑みを浮かべている曽祖父《そうそふ》の姿も目に入る。

(すべての元凶《げんきょう》め！)

朝比奈《あさひな》コンツェルンの会長である曽祖父の朝比奈麟矢《あさひなりんや》の満足そうな顔を、優真《ゆうま》は恨めしげに横目でにらんだ。

自分はもう老《お》い先短《さきみじか》いから、可愛がっている鷹矢《たかや》の晴れ姿がどうしても見たいと、大袈裟《おおげさ》に騒いだわりには、あと百年は生きそうな様子《ようす》だ。

おかげで、鷹矢《たかや》の花嫁として白羽《しらは》の矢が立った優華《ゆうか》に泣いてすがられ、優真《ゆうま》がこうして、愛のかけらもない相手と偽《いつわ》りの結婚式をあげるはめになったというのに。

ただし双方《そうほう》ともまだ高校生なので、式はあげるが今回は籍《せき》までは入れず、あくまでも形だけということで両家のあいだでの話はついている。

(ひい爺様《じいさま》には内緒だけどな)

「指輪の交換を」

うながす牧師の声に鷹矢《たかや》はうなずき、あらためて優真《ゆうま》の手をとって、左の薬指にマリッジリングをすべらせる。

そして、優真《ゆうま》に握らせた対《つい》のリングを同じ様に自分の薬指にはめさせると、鷹矢《たかや》はそっと小指をからませて誓った。

「幸せにするよ。約束する」

相変わらず甘くて、それでいて、真剣な声で。

(恥ずかしい奴!)

思わず赤面してしまったのをごまかすように、優真《ゆうま》は、鷹矢《たかや》から視線をそむける。

どうせ曽祖父《そうそふ》の願望を満足させることだけが目的の芝居《しばい》なのだから、ここまで熱心に、本物のカップルっぽくふるまわなくてもいいのに。

それにしてもだ。

(マジでありえない。学園の帝王《ていおう》と呼ばれるこの俺が、花嫁《はなよめ》の真似《まね》ごととは。いったい、なんの罰《ばつ》ゲームだ?)

自分が生徒会長をしている私立の男子校、黒凰館学園《こくおうかんがくえん》の生徒たちに、万が一こんな姿を見られでもしたらと思うと、優真《ゆうま》は果てしなく憂鬱《ゆううつ》になる。

それ以前に、花婿《はなむこ》の鷹矢《たかや》に男だとバレないか、内心ひやひやだ。

そう。鷹矢《たかや》は、花嫁が、優華《ゆうか》の双子の兄である優真《ゆうま》なのは微塵《みじん》も知らない。

二人が入れ替わっていることまでは、さすがに相手方《あいてかた》には打ち明けられずに、優真《ゆうま》たち一家だけの秘密だった。

(でも、結婚式くらいは、やはり優華《ゆうか》本人にやらせるべきだったかもな)

純白のウエディングドレスに身を包んで、参列者たちのぶしつけな視線にさらされている自分の現状にくらりとめまいをおぼえて、思わずそんなことを考えてしまう。

だが、すぐに頭の中でそれを否定した。

(いや、だめだ！　優華《ゆうか》に、うっかりその気になられては困る)

いくら形だけとはいっても、曽祖父だけではなく、鷹矢《たかや》の家族は優華《ゆうか》を大層《たいそう》気に入っていて、ゆくゆくは二人を名実《めいじつ》ともに一緒にさせたいと望んでいるらしいし。

鷹矢《たかや》の、式に対する熱の入れっぷりも、よく考えれば、とても芝居《しばい》とは思えない。

そもそも『誓いのキス、どうしよう？』と優華《ゆうか》がつぶやくのを聞いて、『式も俺がやる！』と譲《ゆず》らなかったのは、なにを隠そうシスコンの優真《ゆうま》自身だった。

つまり、男のくせに花嫁衣装を着て、衆目監視《しゅうもくかんし》の中、男と誓いのくちづけをかわすのも、すべて自業自得《じごうじとく》……。

そう自分に言い聞かせようとして、優真《ゆうま》はびくりと身をすくめた。

「それでは、誓いのくちづけを」

うながす牧師の声に応《こた》えるように、鷹矢《たかや》が、握っていた優真《ゆうま》の手をぐいと引き寄せて、腰のうしろに手をまわしてくる。

(誓いのくちづけ？)

戸惑《とまど》うように視線を上げると、ヘイゼルがかった鷹矢《たかや》の蜜色《みついろ》の瞳が、優しく微笑《ほほえ》んだ。

「優《ゆう》……。怖くないから」

甘いささやきに続いて、鷹矢《たかや》の男らしい綺麗《きれい》な顔が、ゆっくりと近づいてくる。

予想できたにもかかわらず、あえてシミュレーションを拒否していたその瞬間が、唐突《とうとつ》に目の前に突きつけられて、優真《ゆうま》の思考は凍結《とうけつ》する。

（キス？　鷹矢《たかや》と俺が？）

スローモーションのように迫ってくる鷹矢《たかや》の形のいい唇を、ぼんやりと見つめていた優《ゆう》真《ま》だったが。

「あっ！　うわぁぁ、……んんっ」

我に返ったときには、すでに遅くて。

四拍子そろってなおかつ、キスまでお上手な理想の花婿《はなむこ》に、優真《ゆうま》は、十七のこの年まで大切にとっていたファーストキスを、あっけなく奪《うば》われてしまっていた。

（あぁっ。俺のリップ・ヴァージンが……）

長年シスコンで通してきたせいで、唇の純潔《じゅんけつ》を捧《ささ》げたい特定の相手がほかにいたわけではないが、昔からうざったいと思っていた出来《でき》のいい又従兄弟《またいとこ》、それも同性である『男』にあっけなく奪われるなんて。

（もう、泣くしかない）

悔《くや》し涙で瞳を潤《うる》ませる優真《ゆうま》の唇《くちびる》に、鷹矢《たかや》は啄《つい》ばむようにもう一度優しく唇を押し当てながら、小声でささやいた。

「夢みたいだ。きみが僕の花嫁《はなよめ》になってくれるなんて」

「え？」

（やっぱり、ひい爺《じい》さんのわがままにつきあってるだけじゃなかったのか？）

実は鷹矢《たかや》もこの結婚に乗り気なんじゃないかという先刻《せんこく》の疑惑《ぎわく》が、ますます濃厚《のうこう》になる。

「優《ゆう》……」

熱に潤んだ鷹矢《たかや》を見上げながら、優真《ゆうま》はごくりと喉《のど》を嚥下《えんか》させた。

「あっ」

身体の奥から正体不明の炎がせり上がってくるのを感じて、優真《ゆうま》は息をのむ。

（そんな本気っぽい顔されたら、調子狂うっ）

咎《とが》めるつもりでにらんでやろうとするけれど、火照《ほて》った頬《ほお》が熱い。

（ばかな……）

耳も燃えるようだ。きっと、ごまかせないくらい赤くなっているに違いない。

（ばかな！　俺はなにをこんなに動揺《どうよう》してるんだ？）

愛の告白など、これまでにも、うんざりするほど、され慣《な》れているというのに。

「優《ゆう》……、愛してる」

純白の薔薇《ばら》で飾られたチュールのヴェールごと優真《ゆうま》を抱きしめると、鷹矢《たかや》は長い睫毛《まつげ》を伏《ふ》せて、キスをねだるように口元を近づけてきた。

甘い吐息が、唇に触れる。

まるで魔法でもかけられたみたいに気持ちよくなって、優真《ゆうま》も誘うように瞳を閉じる。

だが、しかし……、悪戯好《いたずらず》きな神々の茶番《ちゃばん》は、二人の唇が重なろうとした刹那《せつな》、唐突に終わった。

偽《いつわ》りの愛の魔法は、またたくまに跡形もなく消えて、優真《ゆうま》は、自分が今、妹の身代わりとして、ここに立っているのだという事実を思い出してしまった。

（こいつ……、本気で、優華《ゆうか》を自分のものにしようと狙っていやがったのか）

途端胸の奥に氷の結晶が生まれて、それまで全身を甘く火照《ほて》らせていた原因不明の熱も、一気に冷める。

（それなら、ますます優華《ゆうか》は渡せない！）

キスの寸前で顔をそむける優真《ゆうま》を、鷹矢《たかや》が戸惑《とまど》うように瞳を見開いて、覗《のぞ》きこんできた。

「優《ゆう》？」

鷹矢《たかや》が首をかしげる。

切なげに蜜色《みついろ》の瞳を揺らしても、もうだまされはしない。

（こいつは、天性のタラシだ。甘い笑顔でだまして、優華《ゆうか》をおいしくいただいてしまうつもりだったに違いない。……危ないところだった）

優真《ゆうま》はあらためて、自分が身代わりを志願して正解だったたと、確信する。

オオカミに豹変《ひょうへん》した鷹矢《たかや》が、優華《ゆうか》のウエディングドレスを引き裂く。……そんな危険なヴィジョンが脳裏をよぎり、優真《ゆうま》は思わずこぶしを握りしめた。

（けがらわしいケダモノめ！）

愛を誓い合ったばかりの花嫁《はなよめ》にくちづけを拒《こば》まれて、傷ついている哀《あわ》れな花婿《はなむこ》の胸元を、優真《ゆうま》は容赦《ようしゃ》なく両手で押しのける。

けれども、顔の大半《たいはん》を覆《おお》い隠しているヴェールのおかげで、周囲の参列客たちの目には、花嫁が恥じらっているだけに見えたようだ。

微笑《ほほえ》ましいといわんばかりのクスクス笑いがあちこちに起こって、式場内は、優真《ゆうま》の胸中《きょうちゅう》とは真逆の、なごやかなムードに包まれるのがわかった。

なんとなく悔《くや》しさは残るが、とりあえずことなきを得て、優真《ゆうま》は、ひそかに胸を撫《な》でおろす。

牧師《ぼくし》の短い説教のあとに、無事に婚姻《こんいん》が結ばれたという宣言がなされ、式の終了と新郎《しんろう》新婦《しんぷ》の退場をうながすウエディングマーチが流れ始めた。

鷹矢《たかや》が誘うように肘《ひじ》を曲げ、優真《ゆうま》のほうへ腕を差し出す。

優真《ゆうま》は一瞬迷ったが、さすがに花嫁が花婿を無視して、ずかずかと一人で退場するわけにもいかず、観念して鷹矢《たかや》の腕に手をからめた。

不本意《ふほんい》だが、あとほんの少しだけ我慢《がまん》すれば、ここにいたるまでの涙ぐましい苦労も、水の泡にならずにすむ。そう自分に云《い》い聞かせて、優真《ゆうま》は、拍手《はくしゅ》とライスシャワーの中をしずしずと進んでいった。

教会の扉を出て階段の前でいったん足をとめた新郎新婦を祝福《しゅくふく》するように、列席者たちが囲む。

優真《ゆうま》は、片手に握りしめていたブーケを、女の子たちが集まっているほうに投げた。

偶然か、無意識に狙ってしまったのか、それは、優真《ゆうま》に扮《ふん》したスーツ姿の優華《ゆうか》の腕の中に落ちる。

結婚などまだしたくないとごねていた優華《ゆうか》だったが、花嫁のブーケトスをキャッチできたのは嬉しかったらしく、優真《ゆうま》に向かって得意げにそれを振ってみせた。

（まずい！）

自分が男の恰好《かっこう》なのを失念《しつねん》しているらしい妹を見て、優真《ゆうま》は蒼白《そうはく》になる。

ここで身代わりがばれたら、なにもかもぶち壊しだ。

けれども、周囲の訝《いぶか》しげな視線に気づいたのか、優華《ゆうか》はあわててとなりの女の子にそれを渡すと、優真《ゆうま》に向かって、『ごめん』というように笑った。

（心臓に悪すぎだ）

安堵《あんど》の吐息を洩《も》らした優真《ゆうま》は、ふと鷹矢《たかや》の視線を感じて、かたわらを見上げる。

「なに？」

探るように尋《たず》ねると、鷹矢《たかや》は軽く首をかしげて微笑《ほほえ》んだ。

「いや。優《ゆう》が可愛いなと思って」

「ばか……」

優真《ゆうま》は思わず赤面してしまう。鷹矢《たかや》のまなざしが、熱すぎて。

それを目撃したらしいギャラリーから、ヒューヒューとはやしたてる声があがった。

ほかにも「ごちそうさま」とか「お似合いの二人」などという言葉が、次々に耳に飛びこんでくる。

（冗談《じょうだん》じゃない……）

うつむいて唇を咬む優真《ゆうま》に、鷹矢《たかや》が甘い声音《こわね》で耳打ちした。

「これからすぐ、上のバンケットルームで披露宴《ひろうえん》だって」

「あ……」

（そうだった。まだ終わりじゃない）

今日のスケジュールは、一応《いちおう》把握《はあく》していたつもりなのに、早く終わりたい一心で、披露宴のことを完全に失念《しつねん》していた。

（二度と結婚式なんかしたくないな）

客たちに向かって愛想笑《あいそわら》いをふりまきながら、優真《ゆうま》は胸の奥でうんざりと洩《も》らす。

（だが、ここまでくれば、あとは最後までやり遂《と》げるしかない！）

果敢《かかん》にも、そう決意する優真《ゆうま》だったが……。

このあと、花嫁に内緒《ないしょ》で計画された怖ろしいイベントが待ち受けていることなど、知る由《よし》もなかった。

宴《うたげ》も終盤《しゅうばん》に差し掛かり、会場内の雰囲気《ふんいき》もだいぶ緩《ゆる》んできたころに、突然それはやってきた。

「それでは皆様、これよりガータートスのお時間です。独身の殿方《とのがた》はご起立《きりつ》の上、前方に
お集まりください」

「ガータートス？」

聞き覚えのない言葉に思わず眉《まゆ》を寄せる優真《ゆうま》の手をとって、鷹矢《たかや》が立ち上がる。

「いったいなにを……」

訝《いぶか》しげな面持《おもも》ちになる優真《ゆうま》を安心させるように、鷹矢《たかや》は、優しく微笑《ほほえ》みかけながら、さ
さやいた。

「僕にまかせて。きみはただ立っているだけでいいから」

「あ、うん」

とりあえず承諾《しょうだく》はしたものの、不安な気持ちがぬぐえないまま、優真《ゆうま》は鷹矢《たかや》に手をひ
かれて、壇上《だんじょう》のテーブルの前に出る。

しかし、その不安はおさまるどころか、いきなり目の前にひざまずく鷹矢《たかや》を見て、さら
に大きくふくらんだ。

「な、なに？」

次の瞬間、優真《ゆうま》は頭の中が真っ白になる。

で。

鷹矢《たかや》が、片手で優真《ゆうま》のウエディングドレスの裾《すそ》をめくり、中へもぐりこもうとしたせい
「やっ！」

ドレスの裾を押さえようとした優真《ゆうま》の両手を、鷹矢《たかや》がやんわりと引き剥《は》がし、ふたたびめくりながら顔をあげる。

「だめだよ。ガータートスをやるためには、花婿《はなむこ》がドレスの中にもぐりこんで、花嫁《はなよめ》のガーターを口で外さなければいけないんだから」

そう説明すると、鷹矢《たかや》は、恥じらうように目元を染める優真《ゆうま》を見上げ、甘く口元で笑った。

（こいつっ。優しそうな顔をして、やっぱりドすけべなオオカミ野郎だ！）

こんな恥ずかしい目にあわされているのが、妹の優華《ゆうか》ではなく、自分でよかった。

優真《ゆうま》は、心からそう思う。

けれども、その瞬間、優真《ゆうま》は大変なことに気づいてしまった。

（下着……！）

ドレスの中にもぐりこまれて、左の太腿《ふともも》にはめたガーターを口で外される途中で、下着を見られてしまう可能性が高い。

だが、下着まで女物を身につけるのは、さすがに憚《はばか》られて、いつもの黒いビキニパンツ

るわけがない。

しかし、新郎《しんろう》にドレスの中にもぐりこまれるなどという異常な事態を、事前に想定できるわけがない。

優真《ゆうま》は、考えの甘かった自分を責める。

（しくじった）

のままだ。


たとえガータートスという風習を、知っていたとしてもだ。

いくらなんでも、鷹矢《たかや》が、そんな破廉恥《はれんち》な真似《まね》を、披露宴《ひろうえん》の席上《せきじょう》で始めるなんて……。

（ひい爺《じい》さんの入《い》れ知恵《ぢえ》か？）

それなら、すんなり納得《なっとく》できる。

鷹矢《たかや》だって、人前でこんなことはやりたくないに違いない。

だが、一族で、ひい爺様に逆らえる人間など、ただ一人としていないのが現状だった。

（あぁっ、優華《ゆうか》がいうように、女物のヒラヒラのレースにしておけばよかった）

悔《くや》しさのあまり、うっかりそんな怖ろしいことを考えてしまうが。

（冗談じゃない！）

恥ずかしい女物のレースの下着を身につけた自分自身を想像して、すぐさま我《われ》に返った優真《ゆうま》は、一瞬とはいえ、とんでもないことを考えてしまった自分を勢いよく呪《のろ》った。

とにかく、ガーターを外すのはおとなしく許《ゆる》すとしても、下着だけは見られるわけにはいかない。

もちろん、下着だけではなく、その奥のふくらみも。

むしろ、問題なのは後者《こうしゃ》のほうだ。

女物の下着だろうが、男物だろうが、その奥に収納《しゅうのう》されているものの形だけは、絶対に見られてはならないものだった。

（しかし、どうやって股間《こかん》を隠せば？）

これという名案も浮かばないまま、優真《ゆうま》が四苦八苦《しくはっく》しているあいだにも、ドレスの中にもぐりこんだ鷹矢《たかや》は、花嫁《はなよめ》のガーターを外すべく、太腿《ふともも》のあたりまで口元を這《は》い上がらせてくる。

（くっ、くすぐったい）

内股《うちまた》のあたりが、それほど敏感《びんかん》だとは、これまで知らなかった。

というか、自分がこんなにくすぐったがりだったとは。

状況のせいもあるので、一概《いちがい》には決められないけれど。

鷹矢《たかや》の唇《くちびる》が触れた場所が、じわりと汗ばむ。

（あ、そこ、触れるなっ）

とうとうガーターの位置までたどりついたらしい鷹矢《たかや》の、舌のぬくもりを太腿の内側に感じて、優真《ゆうま》はびくりと身をすくめた。

「ひぁっ」

おかしな声をあげてしまったことに気づき、優真《ゆうま》は両手で自分の口を押さえる。

優真《ゆうま》の声が聞こえたのか、ドレスの中で、鷹矢《たかや》がクスッと笑いを洩《も》らすのがわかった。

とっさに膝《ひざ》を閉じようとするけれども、とがめるようにガーターを弾《はじ》かれて、優真《ゆうま》は仕方なく鷹矢《たかや》の望むように股《また》を緩《ゆる》める。

すると、待ちかねたような吐息《といき》が、淫《みだ》らに内股をくすぐり、優真《ゆうま》は、恥ずかしさと悔しさで真っ赤になった。

（俺をこんな恥ずかしい目にあわせておきながら、こいつ、楽しんでる！）

まじめそうな好青年の顔をして、とんだくわせものだ。

ひい爺様の命令で、いやいやながらやらされているのかもと、少しでも鷹矢《たかや》をかばうようなことを考《かんが》えてしまった自分が憎《にく》い。

「あっ」

偶然《ぐうぜん》歯が当たったかのように、太腿《ふともも》の柔《やわ》らかな部分を軽く甘咬《あまが》みされて、優真《ゆうま》は思わずドレスのスカートの上から、鷹矢《たかや》の首にしがみつく。

（この野郎、よくもっ）

今すぐ鷹矢《たかや》の首根っこをつかまえて、ドレスの中からひきずり出してやりたいのはやまだが、そんなことをすれば、初々《ういうい》しくしとやかな花嫁《はなよめ》としての優華《ゆうか》の評判《ひょうばん》に傷がついてしまう。

（ちくしょう）

仕方なく優真《ゆうま》はうつむくと、鷹矢《たかや》がガーターを外そうとして、わざとらしく肌に唇《くちびる》で触れたり、やんわりと太腿《ふともも》に咬《か》みついてくるのを、必死にこらえた。

「んっ、やっ」

鷹矢《たかや》の口元の動きはどこかエロティックで、そのひとつひとつに、優真《ゆうま》はびくびくと身を震《ふる》わせてしまう。

（人がおとなしくしてると思って、調子《ちょうし》にのりやがって！）

せめてもの救いは、エサに群《むら》がる神社の鳩《はと》のようにじりじりと輪を縮《ちぢ》めてくる男連中が壁になってくれているおかげで、こういうことにはうるさそうな年配《ねんぱい》の客や女性たちには、壇上《だんじょう》でなにが行われているか、ほとんど見えていないだろうということだ。

（よかった。優華《ゆうか》にこんなところを見られなくて……）

そう自分を慰《なぐさ》めて、優真《ゆうま》はそっと視線を上げる。

途端《とたん》、最前列にいる妹と思いっきり目が合い、優真《ゆうま》は声にならない悲鳴をあげた。

（なぜ、おまえがっ！）

だが、今目の前にいる優華《ゆうか》は、花嫁の双子の兄という立場であることをすぐに思い出す。

がっくりと肩を落としたのも束《つか》の間《ま》……。

「……っ！」

ガーターを口で挟《はさ》んで、足首までひきずりおろそうとしている鷹矢《たかや》の頬《ほお》が、股間《こかん》のふくらみに触れるのを感じて、優真《ゆうま》はまたびくんと身をかたくした。

（やばい。男だとばれた？）

事実を知った鷹矢《たかや》が、親戚《しんせき》たちの前でどんなふうに自分をなじるかを、想像しただけで、優真《ゆうま》は絶望的な気分になる。

前の席でこちらを窺《うかが》いながら、愉快《ゆかい》そうに相好《そうごう》を崩《くず》している曽祖父《そうそふ》も、黙《だま》って許《ゆる》してはくれないだろうし。

そんなことになれば、曽祖父が会長をつとめる朝比奈《あさひな》コンツェルンの系列会社《けいれつがいしゃ》で社長をしている父の立場も、かなりまずいものになるだろうことは、容易《ようい》に想像がついた。

（万事休《ばんじきゅう》す……）

まさか、披露宴《ひろうえん》も終わり近くになって、こんな罠《わな》が待ち受けているとは。

けれども、覚悟《かくご》を決めて待っていたにもかかわらず、優真《ゆうま》が想像しているような悲惨《ひさん》な瞬間は、訪《おとず》れなかった。

花嫁《はなよめ》の足から抜き取った小さな花飾りとリボンのついた青いガーターを口に咥《くわ》えて、花《はな》婿《むこ》がドレスの中から姿を現すのを、観衆は、歓声と拍手喝采《はくしゅかっさい》で迎える。

戦利品《せんりひん》のガーターを、待ち受けている男たちに向かって、鷹矢《たかや》がすかさず口で投げるが、それを受け取ったのはまたしても、優真《ゆうま》のふりをしている優華《ゆうか》だった。

周囲の残念そうなため息の中で、今度こそ自分のものとばかりに、優華《ゆうか》がそれを高々《たかだか》と頭上に掲《かか》げてみせる。

(優華《ゆうか》……)

たしかに、今まで自分が太腿《ふともも》にはめていたものを、ほかの男に持ち去られるよりは、実《じつ》の妹の手に渡るほうが、マシだとは思うけれども。

恥辱《ちじょく》のあまり、優真《ゆうま》はめまいをおぼえる。

くらりとよろめく優真《ゆうま》をすかさず抱きとめながら、鷹矢《たかや》が耳元でささやいた。

「ガータートスのこと、黙《だま》っててごめん。きみが恥ずかしがると思って」

(ごめんですむか!)

涙目《なみだめ》でにらむ優真《ゆうま》を、鷹矢《たかや》は愛《いと》しくてたまらないというようなまなざしで見つめる。

「……この償《つぐな》いは、今夜たっぷりさせてもらうから、ね」

絶句《ぜっく》する優真《ゆうま》の肩を抱き寄せながら、鷹矢《たかや》は甘く微笑《ほほえ》む。

「覚悟《かくご》しておいて」

キスするみたいに耳打ちされて、優真《ゆうま》はまたしても目の前が暗くなるのを感じていた。

Mariage★2

〔新婚初夜のお約束★〕

「……疲《つか》れた」

新婚《しんこん》の二人のために寝所《しんじょ》として用意された離れの玄関《げんかん》に転がりこむなり、優真《ゆうま》は力尽《ちからつ》きたように、お色直《いろなお》しの振袖姿《ふりそですがた》のまま、あがりがまちに座りこんでいた。

花嫁《はなよめ》を値踏《ねぶ》みしようとするたくさんの視線から、ようやく解放されて、全身から一気に力が抜ける。

「はぁぁ」

優真《ゆうま》は深々とため息を洩《も》らすと、あがりがまちに腰掛けたまま身体《からだ》をねじって、廊下《ろうか》の冷たい板に頬《ほお》を寄せながら、ぐったりと上半身を伏《ふ》せた。

結婚式自体がフェイクなのは、両家とも納得済《なっとくず》みなので、新婚旅行の予定なども立ててはいないし、ホテルでの披露宴《ひろうえん》のあとは、スイートにでも宿泊《しゅくはく》するふりをして、解散かと思いきや……。

なんと、そのあとに、親族一同や朝比奈《あさひな》グループの重鎮《じゅうちん》たちを招《まね》いた本格的な祝いの宴《うたげ》が、本家のだだっ広い武家屋敷《ぶけやしき》の座敷《ざしき》に用意されていたのである。

むしろ、そっちのほうが本番なのは一目瞭然《いちもくりょうぜん》で、ホテルの披露宴など予行演習《よこうえんしゅう》にもならないくらい、豪華《ごうか》かつストレスもたっぷりな祝いの宴が待ち構《かま》えていたというわけだ。

白無垢《しろむく》を着せられたときは、角隠《つのかく》しされた頭が重いのとドーランが気持ち悪いのとで、危《あや》うく貧血《ひんけつ》を起こしそうになるし。

身動きもとれぬまま、お色直しのとき以外は、お人形のように正座したままで、どんなに贅《ぜい》を尽《つ》くした料理が運ばれてきても、食事なんてもってのほかだし。

花嫁にとっては、まったくいいことなしだ。

（にしても、花嫁衣裳《いしょう》、重すぎだろ！）

まるで、綿布団《わたぶとん》でも背負わされていたかのように、肩が凝《こ》りまくっている。

普通の振袖《ふりそで》に着替えるために、白無垢を脱いだときの、ドスンという音が、優真《ゆうま》は忘れられなかった。

軽装《けいそう》になったついでに、厚化粧《あつげしょう》もほとんど落としてもらったので、どうにか呼吸も楽にはなったけれども、まだなんとなく息苦しい気がしてならない。

（あんな思いは、二度とごめんだ！）

もちろん、今後花嫁衣裳を着る機会など、一生ないだろうけど。

（とにかく今夜一晩ここに泊《と》まれば、明日は家に帰っていいと、親父も云《い》ってたし。もう少しの我慢《がまん》だ。布団に入ったら、朝までぐっすり眠って、今日の恥《はじ》はすべて忘れよう）

正確な時間まではわからないが、多分もう深夜に近い。

だが、宴はお開きになったわけではなく、まだ続いていた。

新郎新婦《しんろうしんぷ》は、これから水入《みずい》らずで大切な儀式《ぎしき》があるだろうからと、先にさがらせてもらえたのだが……。

（あぁ、なるほど。新婚初夜《しんこんしょや》ってわけか）

宴《うたげ》の席を退出《たいしゅつ》する優真《ゆうま》たちを見送るときの、爺様《じいさま》連中のにやにやした顔を思い出して、顔に血がのぼる。

（残念ながら、あんたたちが想像している『お床入《とこい》り』はございませんよ）

この結婚がフェイクなのは鷹矢《たかや》もわかっているはずだから、きっと気をきかせて、別室で寝てくれるだろうし。

そうなれば、とりあえず朝までは、無理に女の子のふりをしなくてもすむだろうから、心置きなく爆睡《ばくすい》できる。

そう自分を慰《なぐさ》めて、優真《ゆうま》は床に投げ出した指先を力なく握りしめた。

「だいぶお疲《つか》れみたいだね」

あとから入ってきた鷹矢《たかや》は、玄関《げんかん》で力尽《ちからつ》きている優真《ゆうま》を見つけて、苦笑《くしょう》を浮かべる。

「ご苦労様。思いのほかお客も多くて、気疲《きづか》れしただろう？」

紋付《もんつ》き袴《はかま》を乱れもなく着こなした鷹矢《たかや》は、玄関のすべり戸をうしろ手に閉じると、まったく疲れた様子も見せずに近づいてきた。

「ほら、つかまって」

座りこんでいる優真《ゆうま》の手をとって立ち上がらせると、鷹矢《たかや》はふいに真顔《まがお》になって、男らしい端整《たんせい》な顔を近づけてくる。

「やっと、二人きりになれたね」

「え？」

斜《なな》めに視線がからまって、吐息《といき》が触れ合う。

疲れ果てて思考能力が停止寸前なところに、鷹矢《たかや》の放っている、思いっきり新婚初夜っぽい妖《あや》しい雰囲気《ふんいき》に流されて、優真《ゆうま》は危うくキスを許《ゆる》しそうになる。

だが、どうにか唇が触れる直前に理性を取り戻して、優真《ゆうま》はてのひらで、鷹矢《たかや》の顔を押し戻した。

「だめっ」

自分が今、女の子の恰好《かっこう》なのを思い出し、優真《ゆうま》はどうにかそれらしい言葉遣《ことばづか》いで、鷹矢《たかや》のキスを拒絶《きょぜつ》する。

「……キスは、きらい？」

気の毒に思えるほど落胆《らくたん》した声で、鷹矢《たかや》が訊《き》く。

「そういう問題じゃなくて」

優真《ゆうま》は、ため息をつくと、上目遣《うわめづか》いにやんわりと鷹矢《たかや》をにらんだ。

「鷹矢《たかや》だって、了承《りょうしょう》しているはずだよね？　この結婚は、ひいお爺様の機嫌《きげん》をとるための偽装《ぎそう》で……」

だが、言葉の途中で、いきなり鷹矢《たかや》が、優真《ゆうま》の口をキスで強引に塞《ふさ》いだ。

「あ、んんっ」

初心者には刺激が強すぎる、腰にくるようなねっとりとした舌の動きで、唇とその奥を愛撫《あいぶ》されて、優真《ゆうま》はその場に崩《くず》れ落ちそうになる。

そんな優真《ゆうま》の腰をきつく抱きしめると、さらに激しく舌をからめながら、鷹矢《たかや》は片手で障子《しょうじ》を開け、奥の座敷《ざしき》にひきずりこんだ。

「あっ」

指の長い大きなてのひらで、おしりの隆起《りゅうき》を探るように撫《な》でさすられて、優真《ゆうま》は立っていられずに、鷹矢《たかや》の首に両腕ですがりつく。

「ん……」

甘えるみたいにちゅくちゅくと鷹矢《たかや》の舌に吸いつかれて、優真《ゆうま》は思わず息を乱した。

(なんだ、こいつ。キス、うますぎっ)

結婚式のキスも普通にすごかったが、それが子供だましに思えるほど深く舌をからめて、鷹矢《たかや》は優真《ゆうま》を一心《いっしん》に求めてくる。

「んっ、はぁっ、……ぁっ」

器用《きよう》な舌と唇に口腔《こうこう》を荒々しくむさぼられ、これまで経験したことのない、甘く痺《しび》れるような感覚に、頭の中がぼうっとなって……。

気がつくと優真《ゆうま》は、鷹矢《たかや》のなすがままに、豪奢《ごうか》な敷《し》き布団《ふとん》の上に、転がされていた。

「あっ、やっ」

ディープすぎるキスからようやく解放され、酸素《さんそ》を補給《ほきゅう》しようと、胸で大きく呼吸する優真《ゆうま》の上に、鷹矢《たかや》がおもむろに身体を重ねてきた。

「だめっ」

優真《ゆうま》は、のしかかってくる胸元を両手で押し戻すと、左右の腕を優真《ゆうま》の顔の脇についてて上から覗きこんでいる鷹矢《たかや》の身体越しに、部屋の中をそっと窺《うかが》い見る。

扇《おうぎ》や鞠《まり》など、縁起《えんぎ》のよさそうな華《はな》やかな刺繍《ししゅう》の額《がく》で飾られた、十数畳《じゅうすうじょう》はありそうな広い畳《たたみ》の間《ま》には、今、優真《ゆうま》が組《く》み敷《し》かれているダブルの布団が、一組《ひとくみ》だけ。

「これって、ひとつの布団で寝ろってこと？」

呆然《ぼうぜん》とする優真《ゆうま》に、鷹矢《たかや》はにっこり笑ってうなずいた。

「もちろん。だって、僕たち、夫婦《ふうふ》だろう？」

「いや、だから」

優真《ゆうま》は、繰り返すのも面倒とばかりに、吐息《といき》をつく。

「夫婦とはいっても、形だけの」

「黙《だま》って……」

ふたたび、巧《たく》みなキスで唇を閉ざされ、優真《ゆうま》は抗《あらが》った。

「ん、ふぁっ」

けれども、とろけそうな鷹矢《たかや》のくちづけに乱されて、優真《ゆうま》の唇からは、こらえそこねた甘ったるい喘《あえ》ぎが洩《も》れる。

「感じた？」

「誰が……」

顔をそむける優真《ゆうま》を、鷹矢《たかや》は、嬉しくてたまらなさそうなまなざしで見つめている。

（こいつ、本当にわかってるのか？）

これが、形だけの偽《いつわ》りの結婚だということを。

「そっちもちゃんと了承済《りようしようず》みだと聞いていたのに」

布団《ふとん》に片頬《かたほお》を押し当て、責めるようにつぶやく優真《ゆうま》の耳に、鷹矢《たかや》はそっと唇を寄せながら、声をひそめてささやいた。

「わかってるよ」

「だったら、なぜ……こんなこと」

威勢《いせい》よく問いただすつもりが、途中から消え入りそうな声になる。

内緒話《ないしよばなし》のついでに優真《ゆうま》の耳を愛撫《あいぶ》している、鷹矢《たかや》の熱っぽい吐息《といき》と濡《ぬ》れた舌先のせいだった。

「だって、お約束だろう？」

「そんな理由……！」

呆《あき》れて抗《あらが》おうとする優真《ゆうま》の耳に、咬《か》みつくように唇を押し当てて、吐息まじりに鷹矢《たかや》はささやく。

「優《ゆう》……」

「ぁっ！」

甘い声音《こわね》で名前を呼ばれ、優真《ゆうま》は、ぞくりと首をすくめる。

鷹矢《たかや》が呼んでいるのは、優真《ゆうま》の最愛の妹の名前なのに。

（ばかばかしい！）

こんなことでどきどきしてしまう自分が理解できずに、苛立《いらだ》っている優真《ゆうま》とは裏腹《うらはら》に、鷹矢《たかや》は、相変わらず上機嫌《じょうきげん》だ。

「耳、そんなに感じるんだ？　可愛いね」

「だめだって」

しつこく耳を愛撫してくる鷹矢《たかや》を、優真《ゆうま》は必死に押しのける。

鷹矢《たかや》の真意《しんい》がわからない。

「わかってるのなら、つまらない芝居《しばい》はやめて、さっさと……」

邪険《じゃけん》にはねのけようとする優真《ゆうま》の手首をつかんで、指先にくちづけながら、鷹矢《たかや》は一瞬オオカミの本性《ほんしょう》を見せつけるかのような瞳で、獲物《えもの》を見据《みす》えた。

「気が変わったんだ。可愛いきみを目の前にして、指を咥《くわ》えて見ているだけなんて無理」

「や、離してっ」

強引に重ねた唇を少しだけ浮かせた鷹矢《たかや》が、声を殺して、優真《ゆうま》にささやきかける。

「実はこの部屋には、監視《かんし》カメラがあるんだ。多分盗聴器《とうちょうき》も」

「な？　なぜ、そんな」

掛《か》け布団《ぶとん》を頭からかぶると、鷹矢《たかや》は、ちゅくっと優真《ゆうま》の鼻先にキスしながら、ひそひそ声で云《い》った。

「昔からの風習で、ちゃんと夫婦になれたか、確認するためらしい」

「うそっ。困る」

動揺《どうよう》を押し隠して、優真《ゆうま》も、鷹矢《たかや》と同じく、ひそひそ声で答える。

「ほんと。だから、いちゃいちゃしているふりをして」

鷹矢《たかや》に耳打ちされて、優真《ゆうま》は、息をのむ。

「そんな……」

とっさに親指を唇に当てる優真《ゆうま》を見つめ、鷹矢《たかや》はクスッと笑いを零《こぼ》した。

「なにがおかしいんだよ？」

「いや、昔、かくれんぼしたときのことを思い出して」

「え？　それって、もしかして、幼稚園《ようちえんじ》児の頃？」

突然、子供の頃の話を持ち出され、優真《ゆうま》は戸惑《とまど》う。

「うん。二人で押入《おしい》れの布団の中に隠れてて、いつのまにか眠ってしまって」
懐《なつ》かしそうに鷹矢《たかや》が続けるのを聞いているうちに、優真《ゆうま》の記憶も次第《しだい》に鮮明《せんめい》になってくる。
「そういえば、そんなこともあったな」
たしか、オニの役の優華《ゆうか》が、途中で母に呼ばれて、そのまま出かけてしまったせいで、
二人が行方不明《ゆくえふめい》になったと大騒《おおさわ》ぎになったのだ。
「あのときは、どきどきしたな。好きな子と二人っきりで、狭《せま》いところで息をひそめてた
んだから」
さらりと告白する鷹矢《たかや》を、優真《ゆうま》は探るように見つめる。
(どういうことだ？　こいつ、そんな昔から、優華《ゆうか》を狙ってたのか？)
だが、鷹矢《たかや》と一緒に押入れで眠ってしまったのは、優華《ゆうか》ではなく、優真《ゆうま》だ。
(こいつ、勘違《かんちが》いしてるのか？　まぁ、だいぶ昔のことだから、記憶が曖昧《あいまい》でも仕方はな
いが)
おまけに、優真《ゆうま》と優華《ゆうか》は、子供の頃から、そっくりだったたし。
それでも、本当に好きなら間違えるな！　と、優真《ゆうま》は心の中で軽く憤《いきどお》る。
(だが、残念だったな。初恋の相手と祝言《しゅうげん》をあげたつもりだろうが、おまえの本命《ほんめい》はこ
こにはいないし、多分、一生《いっしょう》手には入らない)

後半部分には、確証《かくしょう》はなかったが、希望的観測《きぼうてきかんそく》も含めてだ。

（もし、優華《ゆうか》がその気になっても、この俺が全力で邪魔してやる）

恥ずかしいのをこらえて、花嫁《はなよめ》の恰好《かっこう》までして身代わりをつとめたのだから、二人がくっつくのを邪魔する権利くらいは、当然あるはずだ。

一人心に誓《ちか》いながら、親指の先を唇に当て直す優真《ゆうま》に、鷹矢《たかや》は云《い》った。

「その癖《くせ》、相変《あいか》わらずなんだね」

「はぁ？」

「考えごとをするときに、指を吸う癖」

優真《ゆうま》の唇に押し当てられた親指を見て、からかうように鷹矢《たかや》は微笑《ほほえ》む。

「ばか。ちょっと指先を唇に当てただけだろっ」

かぁっと目元を上気《じょうき》させながら、優真《ゆうま》は云《い》い返す。

「この歳《とし》になって、誰が、指を吸ったりするかよ」

「たしかに。僕たち、もうすっかり身体は大人だからね」

意外にあっさりと、鷹矢《たかや》は引き下がる。

「そういうことだ」

不遜《ふそん》げに相槌《あいづち》を打った瞬間、優真《ゆうま》は自分が男言葉で会話していることに気づき、顔から、さぁっと血がひくのを感じた。

（いつからだ？　この離れに移動するまでは、ちゃんと気をつけていたはず）

不安な面持《おもも》ちで、優真《ゆうま》は、鷹矢《たかや》を窺《うかが》う。

「あ、悪い。口調《くちょう》、男らしくて。普段がこんなだから、つい」

またいつうっかり男口調になるかわからないので、優真《ゆうま》はそう云《い》い訳《わけ》したあと、開き直ると、そのままの調子《ちょうし》でしゃべり続けた。

「いやなら、気をつけるよ」

無理をして今更《いまさら》不慣《ふな》れな女言葉に変更するつもりは毛頭《もうとう》ないが、とりあえずは、しおらしいふりを装《よそお》って、一言《ひとこと》付け加える。

だが、鷹矢《たかや》は、すぐさま首を横に振って、優真《ゆうま》にささやいた。

「かまわないよ。きみはそのままで。飾らない、ありのままのきみが、好きだから」

再度告白されて、優真《ゆうま》は黙りこむ。

「……云《い》いにくいけど、鷹矢《たかや》のこと、特別だとは思っていないから。結婚は、あくまでも、ひいお爺様《じいさま》のためで」

けれども、鷹矢《たかや》は、都合《つごう》の悪いことは聞く耳を持たないとばかりに、優真《ゆうま》の指先にキスしながら、昔語りを続けた。

「まるで、あの頃に戻ったみたいだね。ほら、こんなふうに身体を寄せ合って」

いきなり腰を抱き寄せられて、優真《ゆうま》は思わず身をかたくする。

「なっ」

危《あや》うく互《たが》いの股間《こかん》が触れそうになり、優真《ゆうま》はとっさに目の前の身体を押しのける。

そして、あわてて寝返りを打つと、鷹矢《たかや》に背中を向けた。

(これなら、男だとばれずにすむ)

お高そうな晴れ着が台無しになるなと、心が痛んだが、背《せ》に腹《はら》はかえられない。

膝《ひざ》をかかえこむ恰好《かっこう》で縮《ちぢ》こまっていると、鷹矢《たかや》が不満そうに、優真《ゆうま》のうなじに頬《ほお》をすり寄せてきた。

「意地悪《いじわる》だな、優《ゆう》は……。僕の心をもてあそんで」

「気のせいだ。別に、鷹矢《たかや》に対して、恋愛感情がないだけで」

背を向けたままそっけなく答える優真《ゆうま》の胸元に、鷹矢《たかや》の手がまわされる。

「ほかに、好きな人がいるんだ?」

鷹矢《たかや》は、手持ち無沙汰《ぶさた》っぽく優真《ゆうま》の胸をてのひらで撫《な》でまわしながら訊《き》く。

男なのだから、胸なんて撫《な》でられてもなにも感じないはずなのに、鷹矢《たかや》の手つきがいやらしいせいで、優真《ゆうま》はおかしな気分になってくる。

「やめろって」

胸元を這《は》っているてのひらを乱暴にひき剥《は》がす。すると、鷹矢《たかや》は、すねたように優真《ゆうま》の肩に顔をうずめて、質問を繰り返した。

「いるの？　好きな人」

「いない」

うざったげに優真《ゆうま》が答えると、鷹矢《たかや》は、嬉しそうに背後から身体を押しつけてくる。

だが、優真《ゆうま》の背中の飾《かざ》り帯《おび》に阻《はば》まれたらしく、哀《かな》しげに吐息《といき》をついた。

「帯、邪魔だから、はずしちゃってもいい？」

耳元でささやかれて、優真《ゆうま》はびくりと首をすくめる。

豪奢《ごうしゃ》な厚《あつ》い布団《ふとん》は、すぐにでも夢の世界にひきずりこんでくれそうだが、心地《ここち》よく眠るためには、ごつい飾り帯はたしかに邪魔だ。

自分ではうまくはずせる自信はないし、形崩《かたくず》れを防ぐためにも、鷹矢《たかや》のいうとおり、さっさとはずしてもらうのが一番なのだが。

このシチュエーションで首を縦に振ると、その先に予想されうる、あらゆるはしたない行為《こうい》にまでOKしたように誤解されはしないかと、優真《ゆうま》は不安になる。

けれども、優真《ゆうま》がためらっているあいだに、業《ごう》を煮《に》やしたように鷹矢《たかや》は身体を起こすと、彼にとっては邪魔でしかない花嫁《はなよめ》の飾り帯を、手早く引き抜いて云《い》った。

「ついでに、これも脱がしちゃうよ」

いいとも悪いとも答えていないのに、優真《ゆうま》の振袖《ふりそで》の襟《えり》に手をかけた鷹矢《たかや》は、その肩から、白い襦袢《じゅばん》より上に身に着けていた布を、すべて剥《は》ぎ取ってしまう。

「これでよし」

仕上げに、優真《ゆうま》の髪飾りを、とめてあったピンごと器用《きよう》にはずしてしまうと、鷹矢《たかや》は、まるで自分自身がすっきりしたかのように微笑《ほほえ》んだ。

「どう？　すっきりしただろう？」

盗賊《とうぞく》にあっというまに身ぐるみを剥《は》がされた旅のお姫様みたいに、布団《ふとん》の上で、呆然《ぼうぜん》と片手をついて横座りしている優真《ゆうま》に向かって、鷹矢《たかや》は身を乗り出す。

「すっきりはしたけど……」

優真《ゆうま》は小さく身震《みぶる》いすると、交差させた両腕で、自分の襦袢の上腕《じょうわん》を抱きしめた。

夜でもだいぶあたたかな季節になってきたというのに、襦袢だけになると、部屋の中は途端《とたん》に肌寒《はだざむ》く感じられる。

隙間《すきま》なく建物の立ち並ぶ街中《まちなか》と違って、ここのお屋敷《やしき》の敷地内《しきちない》には、森や湖《みずうみ》まであるせいだろう。

「寒い？」

「少し……」

優真《ゆうま》がうなずくと、鷹矢《たかや》は、すっくと立ち上がった。

「ちょっと、待ってて」

優真《ゆうま》の着ていた振袖《ふりそで》の抜《ぬ》け殻《がら》を、ふわりと掛《か》け布団《ぶとん》の上にかぶせると、鷹矢《たかや》は、自《みずか》らも

脱ぎ始める。

そして、優真《ゆうま》同様、白い襦袢姿《じゆばんすがた》になった鷹矢《たかや》は、脱ぎ捨てたものをきちんとたたむと、布団のかたわらに正座をして、三《み》つ指《ゆび》をついた。

「末永《すえなが》くお世話になります」

そう告《つ》げて、姿勢よく頭を下げる鷹矢《たかや》を、優真《ゆうま》は、ぽかんと見つめる。

「……なんだよ、それ」

しばしの沈黙《ちんもく》のあと、優真《ゆうま》は、動揺《どうよう》を押し隠しながら云《い》った。

「普通は、嫁《よめ》のほうがやるんじゃないのか？」

「まぁ、そうだけど。僕のほうが、きみにぞっこんなわけだし」

恥ずかしげもなくそんなことを口にする鷹矢《たかや》から、優真《ゆうま》は困ったように視線をそらした。

見た目も性格も男前な鷹矢《たかや》に、ここまで堂々と口説《くど》かれれば、どんな女の子も抗《あらが》えずに惚《ほ》れてしまうんじゃないかと思う。

（優華《ゆうか》だって……）

なんだか、ひどく複雑な気分だ。

妹のことを思うがゆえの身代わりではあったが、実《じつ》は皆がいうように、将来の朝比奈《あさひな》コンツェルンをしょって立つ『お似合《にあ》い』のカップルの良縁《りようえん》を、自分がぶち壊してしまったのではないか？

む。

「優《ゆう》？」

「あ、いや、なんでもない。けど……」

どこかに仕掛けられているはずの盗聴器《とうちょうき》が気になって、その先の言葉を優真《ゆうま》はのみこむ。

（ばかだ、こいつ。末永くなんて、無理だろう？　今夜限りの仲なのに）

優真《ゆうま》は心の中でつぶやきながら、膝《ひざ》の上に置いたこぶしを握りしめた。

なぜだか、胸の奥が、きゅっと絞《し》めつけられるように痛む。

（もう、こんな茶番《ちゃばん》はたくさんだ）

なにが悔《くや》しいのか、哀《かな》しいのか……。理由のわからない感情に襲われてうつむく優真《ゆうま》を、鷹矢《たかや》は膝を進めて布団に乗り上がるなり、強く抱きすくめた。

「大丈夫《だいじょうぶ》だよ。これからは、僕がずっと守ってあげる。きみを不安にさせるすべてのものから」

「なっ？」

勘違《かんちが》いするなと云《い》う前に、優真《ゆうま》の唇は、鷹矢《たかや》に優しく塞《ふさ》がれてしまう。

「誓うよ。大切にする」

熱っぽい吐息《といき》で、鷹矢《たかや》はささやく。

「優《ゆう》、きみだけを……」

甘くかすれた声音《こわね》でそう付け加えると、鷹矢《たかや》は優真《ゆうま》を抱きしめたまま、布団《ふとん》の上に押し倒した。

「だから、僕のものになって」

「……っ」

腰にまわされた鷹矢《たかや》のてのひらのぬくもりを、襦袢越《じゅばんご》しに感じて、優真《ゆうま》はびくりと身をすくませる。

「怖くないから、力を抜いて……」

双丘《そうきゅう》を包みこむようにてのひらをすべらせ、優真《ゆうま》の腰を抱き寄せながら、鷹矢《たかや》はささやいた。

「きみを気持ちよくしてあげたいんだ」

「やっ」

襦袢のあわせを割り開いて膝《ひざ》の内側にもぐりこんでこようとする鷹矢《たかや》の手を、優真《ゆうま》はあわてて両腿《りょうもも》で挟《はさ》みこむ。

「だめっ」

女言葉を装《よそお》うのが苦痛でならないが、さすがにこんな状況下でも男っぽいと、監視している奴に怪《あや》しまれてしまう。

もちろん、新郎新婦《しんろうしんぷ》の寝所《しんじょ》を覗《のぞ》くなんていう悪趣味《あくしゅみ》な真似《まね》をしたがるのは、曽祖父《そうそふ》しか思いつかないが。

鷹矢《たかや》にだまされているんじゃないかと疑う気持ちもなくはなかったが、『ひい爺様《じいさま》ならやりそうだ』という思いには、到底及《とうていおよ》ばない。

父と優華《ゆうか》の立場を考えれば、今の優真《ゆうま》には、恥じらって鷹矢《たかや》を拒《こば》む初々《ういうい》しい花嫁《はなよめ》を演じるしか、道はないのだ。

「いやっ。怖いっ」

初めての行為《こうい》に怯《おび》えるふりをしながら、優真《ゆうま》は、内股《うちまた》を這《は》い上がってこようとしている鷹矢《たかや》の手を、両手と太腿で必死に押さえこむ。

絶対に、鷹矢《たかや》に触らせるわけにはいかない。

優華《ゆうか》の代わりに貞操《ていそう》を守る意味合いもあったが、それよりも切実なのは、股間《こかん》を探られれば、間違いなく自分が男だと知られてしまうからだった。

(それを阻止《そし》するためなら、どんな恥ずかしい猿芝居《さるしばい》でもしてやるっ)

「だめ、お願い。許《ゆる》して……」

嘘泣《うそな》きをしながら、優真《ゆうま》は、潤《うる》ませた瞳で鷹矢《たかや》に懇願《こんがん》する。

「優《ゆう》……」

戸惑《とまど》うように、鷹矢《たかや》が瞳を揺らす。

と同時に、優真《ゆうま》の内股《うちまた》に挟《はさ》まれている鷹矢《たかや》の手から、ふいに力が抜けた。

（よし！）

優真《ゆうま》は、ひそかにほくそえむ。

（性格がよくて優しいのも売りだって話だから、さすがに相手を泣かしてまで続けようとはしないだろうからな）

鷹矢《たかや》の優しさに、つけこまない手はない。

実《じつ》をいえば、この身代わり芝居《しばい》を、うまく自分に有利に運ぶ勝算《しょうさん》はあった。

子供の頃は普通にわがままなお坊ちゃんだと思っていた鷹矢《たかや》が、優華《ゆうか》との縁談《えんだん》が持ち上がったのを機に再会して、いかにも人のよさそうな男に育っているのを見たときから。

（意外にくわせものかなと思ったけど、ちょろい、ちょろい）

ちょっと泣くふりをしただけで、相手はもう完全に云《い》いなりだ。

（女の武器は、すごいな）

感心しつつ、優真《ゆうま》は、もう一押しとばかりに鷹矢《たかや》の手をぎゅっと握りしめて、瞳を潤《うる》ませながらお願いした。

「今夜は、手を繋《つな》いで眠るだけじゃ、だめ？」

本当は、別室で一人で寝たいのだが、この際贅沢《さいぜいたく》は云《い》っていられない。

「いいよ」

うなずく鷹矢《たかや》の胸に顔をうずめて、優真《ゆうま》は勝利の笑みを浮かべる。

だが、その直後に、喜ぶにはまだ早すぎたと、思い知らされることになった。

「と云《い》ってあげたいところだけど、だめだよ」

「え？」

「きみはもう僕の花嫁《はなよめ》なんだから、覚悟《かくご》してもらわないと」

冷ややかな声で告《つ》げると、鷹矢《たかや》は、優真《ゆうま》の両脚《りょうあし》のあいだに、強引に膝《ひざ》を割りこませる。

「あっ」

油断していた優真《ゆうま》の膝を大きく開かせると、鷹矢《たかや》は、その奥の秘められた付け根に指を伸ばしながらささやいた。

「たとえ、きみが泣いても、今夜僕のものにするよ」

「ひぁ、やっ」

下着に指をすべらせる鷹矢《たかや》から、優真《ゆうま》は身をよじって、のがれる。

先刻《せんこく》のように鷹矢《たかや》に背中を向けると、優真《ゆうま》は肩を上下させながら、乱れた呼吸を整えた。

「優しい顔をして、ひどいっ」

だまされたのが悔《くや》しくて、本気で涙が出そうになりながら、優真《ゆうま》は鷹矢《たかや》をなじる。

けれども、鷹矢《たかや》は謝罪《しゃざい》などしたりはせずに、逆に、優真《ゆうま》の耳の柔らかな場所に歯を立てながら、冷たく云《い》い返した。

「ひどいのは、きみだろう？　拒《こば》まれる僕の身にもなって」

お断わりだとばかりに、鷹矢《たかや》の身体を肘《ひじ》で押しのけようとする優真《ゆうま》の耳元に、乾いた唇がそっと押しあてられた。

「……見られてるよ」

耳打ちされ、監視《かんし》カメラのことを思い出した優真《ゆうま》は、びくりと首をすくめる。

(もしかして、これって、芝居《しばい》の続きなのか？)

たしかに。わざとらしく三《み》つ指《ゆび》ついて挨拶《あいさつ》したりなども、かなり芝居じみている。

「鷹矢《たかや》……」

「なに？」

優真《ゆうま》の肩に、背後から顔をうずめながら、鷹矢《たかや》は訊《き》き返す。

まだ芝居モードが解除されないのか、ひどくそっけない口調《くちょう》で。

そんな鷹矢《たかや》を、優真《ゆうま》は、肩越しにちらりと見遣《みや》った。

(不憫《ふびん》な奴……)

真面目《まじめ》な性格っぽいし、おそらく責任感から、新婚初夜《しんこんしょや》の花婿《はなむこ》を熱演しているのだろうけど。

優真《ゆうま》は、低くため息をつく。

(考えてみれば、こいつも被害者《ひがいしゃ》なんだよな？　十八になったばかりで、まさか嫁《よめ》とりを

させられるとは思ってなかっただろうし）

鷹矢《たかや》の上には、すでに曽祖父《そうそふ》の片腕として手腕《しゅわん》をふるっている長男《ちょうなん》の龍矢《たつや》と、美術系の大学生である次男《じなん》の雪矢《ゆきや》という、未婚《みこん》の兄が二人もいるのに。

いくらひい爺様《じいさま》のお気に入りとはいえ、末《すえ》っ子《こ》が一番先に身をかためさせられるとなれば、周囲の反応も穏《おだ》やかではないだろう。

それも、会長である曽祖父の命令なのだから。

兄たちを差し置いて、鷹矢《たかや》が後継者《こうけいしゃ》に選ばれるのではないかと、周囲も鵜《う》の目《め》鷹《たか》の目《め》で成り行きを窺《うかが》っているに違いない。

「それにしても、やりすぎだ」

思わず洩《も》らす優真《ゆうま》の声が聞こえたのか、鷹矢《たかや》が、不満そうに異議《いぎ》を唱《とな》える。

「え？　これでも、だいぶ加減してるつもりなんだけど？」

「どこが……」

反論《はんろん》しようとした優真《ゆうま》は、胸元に伸びてきた鷹矢《たかや》の指に、うしろから抱きすくめられて、息をのんだ。

「そんなことを云《い》うのなら、本気でやるけど？」

今でもかなり無体《むたい》な目にあわされているのに、本気でやられたら、どんなことをされるかわかったものではない。

「ま、待てっ」

「待たないよ」

容赦《ようしゃ》なく云うと、鷹矢《たかや》は優真《ゆうま》の腰にぐいと下腹を押しつけてきた。

「うわっ」

襦袢《じゅばん》の上から双丘《そうきゅう》の谷間にこすりつけられる鷹矢《たかや》のかたい感触に、優真《ゆうま》は悲鳴をあげる。

(もう、こんなに猛《たけ》らせて……。俺が男だとわかったら、絶対バツが悪いよな)

当然怒りまくるだろうし、下手《へた》をすると、優真《ゆうま》の一家は路頭《ろとう》に迷うことになるかもしれない。

(どうすれば……)

必死に打開策《だかいさく》を考えるが、身体を探られながらでは、気が散って、いい知恵《ちえ》も浮かばない。そればかりか、おしりの谷間にゆるゆると鷹矢《たかや》のものをすりつけられるうちに、自分のものもかちかちになってしまっている。

布越《ぬのご》しに、鷹矢《たかや》の指に胸の突起《とっき》を悪戯《いたずら》されているのも、無関係とは思えない。

「んっ。やぁっ」

鷹矢《たかや》のたくましいものにうしろを刺激されながら、胸の先端《せんたん》をつまみあげられて、優真《ゆうま》は思わず喘《あえ》いでしまう。

「感じた？」

すっかり機嫌《きげん》が戻ったのか、耳元で鷹矢《たかや》がクスッと笑いを洩《も》らした。

「誰が……。くすぐったいだけ」

「ほんとにそれだけ？」

「当然っ」

見栄《みえ》を張って、優真《ゆうま》はすかさず云《い》い返すけれども。

……本当は、くすぐったいなんてものじゃない。

身体の奥底にひそんでいる淫《みだ》らな欲望の熱が、強引に呼び覚《さ》まされるような、じれったくてもどかしい感覚だ。

今すぐはらいのけて、思いつく限りの罵倒《ばとう》を浴《あ》びせてやりたいのに……。

鷹矢《たかや》のてのひらに胸を包みこまれて、やんわりと揉《も》まれるだけで、優真《ゆうま》の唇からは自分でも聞いたことのないような甘い声が零《こぼ》れてしまう。

「あ、やっ、あっ」

「可愛いよ、優《ゆう》。胸をいじめられるだけで、そんなにいいの？」

熱に掠《かす》れた鷹矢《たかや》の声が、耳元をくすぐる。

それにさえも感じてしまって、胸元を覆《おお》っている鷹矢《たかや》の手に、優真《ゆうま》はすがるようにしがみついた。

「嬉しいよ。きみがこんなに僕を欲しがってくれるなんて、思わなかったから」

優真《ゆうま》の耳にうしろからしつこく舌を這《は》わせながら、鷹矢《たかや》がささやく。

（俺が鷹矢《たかや》を欲しがる？）

途端《とたん》、優真《ゆうま》は、鷹矢《たかや》の熱い下腹に谷間をすり寄せるようにしながら、自分から腰を振ってしまっていたことに気づいて、真っ赤になった。

身体は布団《ふとん》の中なので、カメラに詳細《しょうさい》は映《うつ》っていないはずだが、それでも充分《じゅうぶん》恥ずかしすぎる。

「こ、これは……芝居《しばい》」

優真《ゆうま》は、しどろもどろになりながら、小声で云《い》い訳《わけ》する。

「だから、本気にするなよ」

声をひそめて念を押すにもかかわらず、鷹矢《たかや》は、甘えるように、もっとぎゅっと抱きついてきた。

「そんなの無理だよ。本気にしちゃうに決まってるだろう？」

駄々《だだ》っ子《こ》のように云うと、鷹矢《たかや》は、許《ゆる》しも請《こ》わずに、優真《ゆうま》の下腹に手を伸ばしてきた。

「あっ」

鷹矢《たかや》の体温高めのてのひらに、下着のふくらみをさすり上げられ、優真《ゆうま》は息を詰める。

……うっかりしていた。

（もう、なにもかも、おしまいだ）

あんなに危険だったガータートスの最中にも、奇跡的《きせきてき》にばれずにすんだというのに。

やはり、なんとしてでも、寝床《ねどこ》は別にすべきだったのだ。

（俺のばかっ！）

鷹矢《たかや》も、優真《ゆうま》同様に、ショックでかたまっているかと思いきや……。

なんのためらいもなく、一瞬のうちに萎《な》えかけた優真《ゆうま》のそれを、下着の上からもてあそんでいる。

（どういうことだ？）

いくら鷹矢《たかや》がおおらかな性格だったとしても、花嫁《はなよめ》が男だとわかって、平気なはずはないのに。

鷹矢《たかや》は特に問いただすこともなく、優真《ゆうま》のものを下着からつかみ出して、てのひらに包みこみ、ふたたび元気にしようと優しくしごき始める。

鷹矢《たかや》の思惑《おもわく》をあれこれ探るが、頭の中は、クリアになるどころか、混濁《こんだく》してゆくばかりだ。

「……鷹矢《たかや》」

責めない鷹矢《たかや》に痺《しび》れを切らして、とうとう優真《ゆうま》は、自分から口を開く。

「なにか云《い》うこと、あるだろう？」

もう男であることを隠す必要もなくなったので、当然素《す》の男口調《くちょう》で。

監視《かんし》されている手前、ひそひそ声は維持《いじ》したままだが。

しかし鷹矢《たかや》は、まるでお気に入りのオモチャでも見つけたみたいに優真《ゆうま》のものを悪戯《いたずら》している手をとめもせずに、怪訝《けげん》な様子で訊《き》き返した。

「なにかって？」

「いや、その……。これについてなんだが」

鷹矢《たかや》の手から、自分のものを奪《うば》い返しながら、優真《ゆうま》は告白する。

「だましてて悪かった」

素直《すなお》に謝《あやま》る優真《ゆうま》の耳元で、鷹矢《たかや》は、当惑《とうわく》げに吐息《といき》をついた。

「え？」

「まさかと思うけど……。今まで、気づかれてないと思ってたの？」

顔をこわばらせて振り返る優真《ゆうま》を、笑いを含んだ蜜色《みついろ》の瞳が見つめる。

「僕が気づかないわけないだろう？」

「やっぱりガータートスのときか」

「まぁね。でも、きみが僕に向かって、ヴァージンロードを進んできたときから、そうじゃないかとは思ってた」

にっこり笑って答える鷹矢《たかや》を見て、優真《ゆうま》は気を失いそうになった。

「なぜ、わかった？」

「不機嫌《ふきげん》そうだったから」

鷹矢《たかや》は苦笑《くしょう》を洩《も》らす。

「優《ゆう》は、昔っから、そんな感じだよ。そっくりの双子でも、優華《ゆうか》ちゃんは、いつもにこにこしてるのにね。僕は子供の頃にも、きみたちを間違えたことは一度もないよ」

得意げに告げる鷹矢《たかや》から、優真《ゆうま》は視線をそむける。

（最初からばれてたのに、俺は無駄《むだ》な一人芝居《ひとりしばい》をしてたってことか）

……無様《ぶざま》すぎる。

窮屈《きゅうくつ》な女装《じょそう》で、皆《みんな》の好奇《こうき》の視線に耐《た》えながら、丸一日《まるいちにち》必死で花嫁《はなよめ》の役をつとめたのに。

それをすべて鷹矢《たかや》に見やぶられていたとは。

恥ずかしくてたまらない。逆恨《さかうら》みなのはわかっているが、自分をこんな気持ちにさせている鷹矢《たかや》が憎《にく》い。

「俺を笑ってたんだろ？」

「なんのこと？」

白々《しらじら》しく小首《こくび》をかしげる鷹矢《たかや》に、優真《ゆうま》はなおさら怒りがつのる。

「とぼけるな！　さぞ愉快《ゆかい》だっただろうな。俺が女のふりして愛想《あいそう》ふりまいてるのがっ」

思わず声が大きくなって、優真《ゆうま》は、しまったと口を噤《つぐ》む。

今の台詞《せりふ》を鷹矢《たかや》以外に聞かれていたら、なにもかも終了フラグだ。

すると鷹矢《たかや》は、優真《ゆうま》を無理やり自分のほうに向かせて、今度は正面から抱きすくめた。

「笑ってなんかいないよ。……きみがすごく綺麗《きれい》だったから、少し顔にしまりがなかったかもしれないけど」

「はぁ？」

緊張感のない鷹矢《たかや》の返事に一瞬脱力《だつりょく》するが、すぐにまた声をひそめて、優真《ゆうま》は訊《き》く。

「いいのかよ？　そんなに落ち着いてて。今ので、聞き耳立ててる誰かに、花嫁《はなよめ》が男だったって、ばれたかもしれないんだぜ」

「大丈夫《だいじょうぶ》だよ」

「どこが大丈夫なんだよ？」

誰か親戚《しんせき》の者が、この不始末《ふしまつ》を問いただすために、今にも離れに駆《か》けこんでくるんじゃないかと、優真《ゆうま》は気が気ではない。

けれど鷹矢《たかや》は、相変わらずのんびりとした口調《くちょう》で請《う》け合った。

「隠しカメラは床《とこ》の間《ま》の掛《か》け軸《じく》に仕掛けられてるけど、盗聴器《とうちょうき》は、僕が外しておいたの以外はないみたいだから」

「なぜわかる？」

疑《うたが》わしいとばかりに眉根《まゆね》を寄せながら訊《き》く優真《ゆうま》の耳元で、鷹矢《たかや》はフフッと笑う。

「今のきみの問題発言、聞こえてないようだし、ただの痴話喧嘩《ちわげんか》だと思ってる。さっき盗聴機が壊れてるって云《い》ってたしね」

「誰が？」

「もちろん、ひいお爺様《じいさま》がだよ」

鷹矢《たかや》は、髪をかきあげるふりをして右耳から取り出したコードレスのイヤホンを、優真《ゆうま》の耳に押しつけながら、斜めに唇を重ねてくる。

「んっ、んんぅっ」

鷹矢《たかや》の淫《みだ》らな舌の動きに翻弄《ほんろう》されている優真《ゆうま》の耳に、イヤホン越しに愉《たの》しげな笑い声が響いてきた。

「諸悪《しょあく》の根源《こんげん》か……」

唇を軽く浮かせて、優真《ゆうま》が訊《き》く。

「そう。念のために、ひいお爺様の寝室に盗聴器仕掛けておいたんだよ」

鷹矢《たかや》はうなずくと、器用《きよう》に舌をからませながら、そう打ち明けた。

「僕たちが仲直りエッチに突入するのを楽しみにしてるみたいだ」

イヤホンを素早く自分の耳に戻した鷹矢《たかや》が、意味深《いみしん》な微笑《ほほえ》みまじりにそう教えてくれる。

「冗談《じょうだん》じゃない。誰が思い通りになんかさせてやるか」

「そんなこと云《い》わずに、望みをかなえてあげようよ」

鷹矢《たかや》は云《い》うと、優真《ゆうま》を抱き寄せ直して、ゆるやかに腰を動かし始めた。

「ん、ばかっ。男同士だぞ！」

重ね合った股間《こかん》の欲望が二人のあいだでこねまわされる感触に、息を荒がせながら、優《ゆう》真《ま》は叫ぶ。

「怒鳴《どな》らなくても、わかってるから。……ちゃんと気持ちいいだろう？」

優真《ゆうま》のものを押しつぶすようにしながら腰をまわして、鷹矢《たかや》は、「ね？」と確認をとる。

「全然っ。気持ちよくなんかな……」

「うそをつくと、お仕置きするよ」

鷹矢《たかや》は真顔《まがお》で云《い》う。

「むしろ僕は感謝しているくらいだ。女の子相手じゃ、お芝居《しばい》でも、無体《むたい》な真似《まね》はできないからね」

「つまり、男の俺相手なら、遠慮《えんりょ》なくひどいことができると？」

「うん」

鷹矢《たかや》は、さわやかに笑ってうなずくと、優真《ゆうま》の両肩をつかんで、敷《し》き布団《ぶとん》の上に組《く》み敷《し》いた。

「協力してくれるよね？」

「ひい爺《じい》さんを喜ばせるために？」

不満たっぷりに、優真《ゆうま》は訊《き》き返す。

「そういうこと」

「おまえだって、今回の件ではうんざりしてるだろうに」

「そんなことない。僕は感謝してるよ」

鷹矢《たかや》は、達観《たつかん》した微笑《ほほえ》みを綺麗《きれい》な顔に浮かべて、ささやいた。

「ひいお爺様がいなかったら、僕たちは生まれてないんだから」

「う……」

優真《ゆうま》は、思わず絶句《ぜっく》する。

「たしかに。認めたくはないが、そのとおりだな」

渋々《しぶしぶ》と優真《ゆうま》がうなずくのを見て、鷹矢《たかや》は嬉しそうに瞳を細める。

「そんなわけだから、よろしく、共犯者《きょうはんしゃ》くん」

Mariage★3

〔初めての共同作業★〕

「共犯《きょうはん》って！」

身体《からだ》の上にのしかかってくる鷹矢《たかや》を、優真《ゆうま》は条件反射《じょうけんはんしゃ》で腕に抱きとめながら尋《たず》ねた。

「このまま最後までやる気とか、云《い》わないよな？」

「もちろんやる気だけど？」

優真《ゆうま》の喉元《のどもと》に唇を這《は》わせながら、鷹矢《たかや》は躊躇《ちゅうちょ》なく答える。

「でも、男同士で、いったいなにを？」

ついうっかり鷹矢《たかや》の首に腕をまわしていることに気づき、あわててそれをほどきながら、優真《ゆうま》は訊《き》いた。

「優《ゆう》、知らないの？」

鷹矢《たかや》が、驚いたように顔を上げる。

「中等部《ちゅうとうぶ》から、ずっと男子校だし、結構慣《けっこうな》れてるかと思ってた」

「慣れてるって、まさか……？」

「そう。こういうことだよ」

しっとりと濡《ぬ》れている内股《うちまた》の深い場所に指先をすべりこませて、いやらしく探りながら、鷹矢《たかや》はささやく。

「別に減るものじゃないけど、優《ゆう》がこれまで未経験だったなんて、嬉しい誤算《ごさん》だな」

「未経験とか、誤算とか、勝手なこと云《い》うなっ」

濡れた音が恥ずかしいのと、またエレクトしかけている、はしたない自分に苛《いら》ついて、優真《ゆうま》は鷹矢《たかや》の手をはらいのける。

「ごめん」

鷹矢《たかや》は反省した様子《ようす》で、しおらしく謝罪《しやざい》すると、切《せつ》なげに瞳を潤《うる》ませた。

「ちょっとはしゃぎすぎた。……きみが僕のために初めてを守っててくれたんだと思うと、すごく嬉しくて」

鷹矢《たかや》は、長い睫毛《まつげ》を伏《ふ》せると、優真《ゆうま》から視線をそらして云《い》った。

「でも、優《ゆう》が僕の大切な花嫁《はなよめ》なのは変わりないから。経験ずみでも、かまわない。大切にするよ」

「ばか……。早とちりして、すねるな」

大型犬《おおがたけん》の仔犬《こいぬ》をあやしているみたいな気分になりながら、優真《ゆうま》は、鷹矢《たかや》の頭を抱き寄せる。

柔らかな蜂蜜色《はちみついろ》の髪を撫《な》でながら、そっと顎《あご》をうずめて、自分でも戸惑《とまど》うくらい慈愛深《じあいぶか》くささやきかけた。

「初めてに決まってるだろう。こんなこと……」

「優《ゆう》、ほんとに？」

ふたたび顔を上げた鷹矢《たかや》の瞳が、きらきらと輝く。

途端《とたん》、ある疑惑《ぎわく》が、優真《ゆうま》の脳裏をよぎった。

「そういえば、おまえの学校も男子校だよな？」

「え？」

鷹矢《たかや》が、びくりと笑みをこわばらせる。

「もしかして……」

優真《ゆうま》は、ふいに声を低くして、鷹矢《たかや》の瞳を覗《のぞ》きこんだ。

「おまえ、ずいぶん慣《な》れてそうだな？」

「とんでもない。優《ゆう》の思いすごしだよ」

「そうかな？」

探《さぐ》るように瞳を細める優真《ゆうま》の手をつかみあげると、鷹矢《たかや》は、なだめるように指先にキスしながら誓《ちか》った。

「僕の愛は、生涯《しょうがい》きみだけのものだよ」

その瞬間、優真《ゆうま》は、鷹矢《たかや》の手をふりはらって、そっぽを向く。

「なんだ。芝居《しばい》の続きか。……ばかばかしい」

どんな女の子もよりどりみどりのくせして、男相手に愛を誓うなど、本気のはずがない。

(本気だったら、逆に困るけどな)

優真《ゆうま》は吐息《といき》を洩《も》らすと、心配そうに覗きこんでいる鷹矢《たかや》の襦袢《じゅばん》の襟首《えりくび》を引っぱった。

「いいから、さっさとすませろよ。今日は半端《はんぱ》なく疲れたから、俺は早く寝たいんだ」

優真《ゆうま》にせかされて、鷹矢《たかや》は切れ長の目をまるくする。

「気前《きまえ》いいいんだね。じゃあ、遠慮《えんりょ》なく」

「ぁっ！」

胸元に湿《しめ》った熱い吐息を感じて、優真《ゆうま》はびくりとのけぞる。

「な、なに？」

「胸、気持ちいいんだよね？　じかに舐《な》めてあげたいけど、あんまりはだけると、またな板《いた》なのがカメラに映《うつ》っちゃうから、襦袢の上からで我慢《がまん》して」

「や、ちがっ」

襦袢の布越《ぬのご》しなのに、鷹矢《たかや》に息を吹きかけられて、舌で突起《とっき》を転がされると、触れられてもいない下腹の中央が、痛いほど熱を帯《お》びてしまう。

「あぁっ、いやぁっ」

優真《ゆうま》は、身をよじって、鷹矢《たかや》の巧《たく》みな舌技《ぜつぎ》から逃げようとした。

けれども、優真《ゆうま》の抵抗する様子《ようす》を見て余計《よけい》に興奮《こうふん》したらしい鷹矢《たかや》に、布《ぬの》の上から胸の突《とっ》起《き》に咬《か》みつかれてしまう。

「ひっ、あっ」

咬《か》まれた衝撃《しょうげき》で、下着が濡《ぬ》れる。

あわてて膝《ひざ》を閉じ合わせる優真《ゆうま》を、鷹矢《たかや》は見逃さなかった。

「どうしたのかな？　気持ちよすぎて、洩《も》らしちゃった？」

「ばかっ。ただの先走《さきばし》り……」

正直に口にしかけて、優真《ゆうま》は真っ赤になる。

鷹矢《たかや》はからかうような笑みを浮かべると、自分が今咬《か》んだばかりの優真《ゆうま》の乳首《ちくび》を、指できゅっとつまみ上げた。

「んっ」

またしても、ぞくんと甘い痛みが下腹に広がって、優真《ゆうま》の先端《せんたん》からぴゅくりと蜜《みつ》があふれる。

「優《ゆう》、敏感《びんかん》で可愛い」

下着をめくられ、濡れた先端をぬるぬると指の腹《はら》で撫《な》でまわされて、優真《ゆうま》は、鷹矢《たかや》を恨《うら》めしげににらみつけた。

「番《つが》った証拠《しょうこ》が必要なだけなんだから、抱き合って、ちょっと腰動かすふりでいいだろう？　なんで、こんな余計《よけい》なことまでするんだよ？」

「甘いよ、優《ゆう》。そんなことでごまかせるなら、苦労はいらない」

ふたたび優真《ゆうま》の胸に、顔をうずめながら、鷹矢《たかや》がつぶやく。

だが、そうですかと従《したが》う気にもなれずに、優真《ゆうま》は不遜《ふそん》げに云《い》い返した。

「用心しすぎなんじゃないのか？　爺《じい》さんだって、さっさと確認して寝たいはずだぜ」

「ひいお爺様のことなら、子供の頃からずっと一緒に暮らしている僕のほうが、よく知ってる」

鷹矢《たかや》は、その一言で優真《ゆうま》の反論を封《ふう》じると、付け加えるように云《い》った。

「だから、優《ゆう》は僕にすべてまかせておけばいい」

「大層《たいそう》な亭主関白《ていしゅかんぱく》だな」

完全に主導権《しゅどうけん》を握られたことに腹を立てて、優真《ゆうま》は、吐《は》き捨てるように続ける。

「おまえの嫁《よめ》さんになる子が、気の毒だ」

「なにを云《い》ってるんだ？」

怒るというより呆《あき》れた様子で、鷹矢《たかや》は優真《ゆうま》を食い入るように見つめる。

「僕の花嫁《はなよめ》は、きみだろう？　神様の前で、永遠《えいえん》の愛を誓《ちか》ったんだから」

「はいはい。そういうことにしておいてやるよ。今夜は、記念すべき新婚初夜《しんこんしょや》だからな。

……けど、あくまでも、ふりだけだからな」

「ひいお爺様に、知られてもかまわないんだ？　優華《ゆうか》ちゃんの代わりに、きみが花嫁をやったこと」

急に意地悪《いじわる》な口調《くちょう》になった鷹矢《たかや》を、優真《ゆうま》は呆然《ぼうぜん》と凝視《ぎょうし》した。

「おまえ、なにを云《い》って……」

「僕がきみなら、秘密にしてもらうかわりに、おとなしく云《い》うことを聞くだろうな」

キチクな笑いは一瞬で、鷹矢《たかや》はすぐに温和《おんわ》な微笑《ほほえ》みに戻って、優真《ゆうま》を抱きしめる。

「優《ゆう》はお利口《りこう》だから、僕の云《い》ってる意味、わかるよね」

「この……オニチクショウ！」

呪詛《じゅそ》の言葉を洩《も》らす優真《ゆうま》の唇を塞《ふさ》ぎながら、鷹矢《たかや》は優しくたしなめる。

「だめだよ、そんな汚い言葉を口にしては。綺麗《きれい》な子には、綺麗な言葉のほうがずっと似合う」

ちゅくっと唇を吸うと、鷹矢《たかや》は、言葉もなく怒りに震えている優真《ゆうま》に、この上なく甘いまなざしを投げながら微笑《ほほえ》んだ。

「優《ゆう》は美人だけど、少しお転婆《てんば》すぎるな。でも僕の花嫁《はなよめ》になったからには、ちゃんと躾《しつけ》けてあげるからね」

「で？　まずは、閨《ねや》の作法を躾《しつけ》けてくださるってわけか？」

鷹矢《たかや》の豹変《ひょうへん》っぷりをまざまざと見せつけられ、自分の勘《かん》が悪い意味で当たってしまったことに愕然《がくぜん》とするあまり、しばらく頭の中が真っ白になっていた優真《ゆうま》だが、ようやく我《われ》に返って、比較的《ひかくてき》お綺麗な言葉でいやみを云《い》った。

しかし、単に鈍《にぶ》いのか、その程度のいやみには慣《な》れているのか、鷹矢《たかや》は、ご機嫌《きげん》なままで、にこやかにうなずく。

「さすが僕の選んだ花嫁だけあって、ものわかりがいいね」

「ばーか。おまえが選んだのは、優華《ゆうか》だろう？　残念ながら、おまえが手に入れた花嫁は、とんだまがいものだったわけだが」

「自分のことを、粗悪《そあく》な類似品《るいじひん》みたいに云《い》うのは、やめなよ。きみだって、世が世なら、お城のひとつくらい余裕《よゆう》で傾《かたむ》けさせられるくらい、綺麗だよ」

さりげに人を貶《おとし》めておいて、歯の浮くような褒《ほ》め言葉で締《し》める鷹矢《たかや》を、唖然《あぜん》としながら、優真《ゆうま》は盗み見る。

「誰が粗悪な類似品だ。それに、男に綺麗と云《い》われても、全然嬉しくない」

「またそんな意地を張って。僕が、今すぐ優華《ゆうか》ちゃんとチェンジしろって云《い》ったら、絶対怒るだろう？」

「怒るに決まってるだろう？　おまえが考えているのとは、別の意味でだがな」

さらりと脅《おど》しをまじえつつ、人の自尊心《じそんしん》をくすぐろうとする鷹矢《たかや》を、憎々《にくにく》しげに見遣《みや》りながら、優真《ゆうま》は云《い》い返した。

（やな奴。さぞや優秀な、ひい爺《じい》さんのいい跡継《あとつ》ぎになることだろうよ。そのときには、俺は優華《ゆうか》を連れて、朝比奈《あさひな》の手の届かない遠い国へ逃げてるだろうけどな）

「それより、メインイベントの合体の儀式《ぎしき》はまだなのか？　早くしないと、寝ちまうぜ」

身体の奥で、苛立《いらだ》ちの赤黒い炎が、ぱちぱちと爆《は》ぜている。

腹を立てすぎたせいで、少なからずヤケっぱちな気分になっているのは自分でもわかってはいたが、先刻《せんこく》から執拗《しつよう》に乳首《ちくび》だけをいじめられていることに我慢《がまん》ならずに、優真《ゆうま》は、鷹矢《たかや》を誘うように煽《あお》った。

「前戯《ぜんぎ》ばっかり長くて、いい加減《かげん》飽《あ》きたぜ。あー、もしかして、頭の中はエロい妄想《もうそう》ばかりのくせして、肝心《かんじん》なものが、年寄りみたいに使い物にならなかったりしてな」

辛辣《しんらつ》な言葉だけでは、鷹矢《たかや》のじれったい前戯を中断させることができずに、優真《ゆうま》の苛立ちはますますエスカレートする。

「もう……いい加減にしろよ」

業《ごう》を煮《に》やして、優真《ゆうま》は、立てた片膝《かたひざ》で鷹矢《たかや》の股間《こかん》をつつく。

けれど、次の瞬間には後悔《こうかい》していた。

（でかい！）

おまけに、熱くて、かたい。

優真《ゆうま》なら、とっくに弾《はじ》けていてもおかしくない状況だ。

「もうこんなにしてるくせに、なに勿体《もったい》ぶってるんだよ？」

膝で悪戯《いたずら》した事実は消えないので、優真《ゆうま》は開き直って、鷹矢《たかや》をさらに煽る。

それが効《こう》を奏《そう》したらしく、鷹矢《たかや》は片目をすがめると、優真《ゆうま》の手をつかんで、自分のそこに導いた。

「ひ、あっ」

古風《こふう》な和風下着に包まれた鷹矢《たかや》のものは、どっしりと、優真《ゆうま》のてのひらを圧迫《あっぱく》する。

「きみを壊さないよう、少しずつ慣《な》らしてあげようと思っていたのに。……きみがいけないんだからな」

鷹矢《たかや》は、重苦しい吐息《といき》を洩《も》らすと、優真《ゆうま》の手の中から、自分のものを取り返した。

「受けとめる覚悟《かくご》ができたってこと？」

鷹矢《たかや》に、冷ややかに問われて、優真《ゆうま》は、顔をそむける。

「冗談《じょうだん》……。こんなでかいの、俺に咥《くわ》えられるわけないだろ？　やるふりだけだと、何度云《い》えば」

「優《ゆう》のほうこそ、ふりだけじゃだめだと、僕に何度云《い》わせるつもりなのかな？」

優真《ゆうま》に股間《こかん》を刺激されたせいか、どことなく余裕《よゆう》のない様子で、鷹矢《たかや》は吐息《といき》をついた。

そして、心を決めたように、ずるずると優真《ゆうま》の身体に沿《そ》って、足のほうへと布団《ふとん》の奥へもぐりこんでゆく。

「なにをするつもりだよ？」

「すぐにわかるよ」

布団の中からくぐもった鷹矢《たかや》の声が聞こえたと思った途端《とたん》、優真《ゆうま》は、大きくのけぞっていた。

「あぁっ」

両の太腿《ふともも》をてのひらで押さえつけられ、中央の肉茎《にくけい》を鷹矢《たかや》の口に咥《くわ》えこまれて、恥辱《ちじょく》と快感《かいかん》で、目の前が薔薇《ばら》色《いろ》に染《そ》まる。

「んっ、ずるい。いきなりっ」

「自分が早くと云《い》ったくせに、わがままなお姫様だな、優《ゆう》は」

とがめるにしては甘すぎる鷹矢《たかや》の声に、優真《ゆうま》の下肢《かし》は、持ち主の心とは裏腹《うらはら》に、ひくひくと期待するみたいに疼《うず》いた。

「また、先走《さきばし》りの蜜《みつ》をあふれさせて……」

叱《しか》るみたいに、またしても甘く、鷹矢《たかや》がささやく。

その吐息が触れるだけでも、一気に達《たっ》してしまいそうになるのに……。

鷹矢《たかや》はそうできないよう優真《ゆうま》の根元を指の輪で絞《し》めながら、先端《せんたん》に舌と唇を押し当てた。

「やぁっ」

あふれかけた蜜を鷹矢《たかや》が舐《な》める、ぴちゃぴちゃという淫靡《いんび》な音が、静まり返った寝所《しんじょ》中に響いている。

「いやらしいね、優《ゆう》のここ。恥ずかしい音、聞こえてる？」

「いいから、もう……」

敏感《びんかん》な先端《せんたん》に吸いつかれ、鷹矢《たかや》の淫《みだ》らっぽくて触れられ心地《ごこち》のいい舌と上顎《うわあご》の粘膜《ねんまく》とのあいだできつく絞《し》めつけられて、少しの刺激だけでも欲望を根こそぎぶちまけてしまいそうな切羽詰《せっぱつま》った状態だ。

それなのに、はしたないおねだりをした罰《ばつ》だと、鷹矢《たかや》は根元を指でせきとめたままで、先端に近い感じやすいくぼみを、執拗《しつよう》に舌でつついたり咥《くわ》えたりしながら、優真《ゆうま》をじらしている。

待ち望んでいるもっとも心地よい瞬間の到来《とうらい》を故意《こい》に遅らされて、優真《ゆうま》は、涙まじりに鷹矢《たかや》をなじった。

「ばかっ。きらいだ！」

邪魔されるよりは、自分でやるほうが手っ取り早いと考えて、鷹矢《たかや》の両肩を手で押しのけようとするけれど、相手も意地になったかのように離してはくれなくて……。

「もう、いやぁっ」

意地悪《いじわる》な指に根元をせきとめたられたまま、優真《ゆうま》は、必死に快感《かいかん》をむさぼろうとして、もどかしげに腰を突き上げる。

「はぁっ、あぁっ」

鷹矢《たかや》の左手の薬指にはめられたマリッジリングが、敏感《びんかん》な場所に食いこむ感じがたまらなくて、身体の奥で暴れている淫《みだ》らな熱に踊《おど》らされるままに、何度も。

（こんなの……俺じゃない）

あとで思い出して絶対後悔《こうかい》すると頭ではわかっているのに、快楽《かいらく》に溺《おぼ》れた身体は、少しも云《い》うことを聞いてくれない。

（鷹矢《たかや》も、きっと呆《あき》れている。……いやらしい花嫁《はなよめ》だって）

そんな恥辱《ちじょく》の思いも、めらめらと燃える淫《みだ》らな情欲《じょうよく》の炎を消してくれるどころか、さらに煽《あお》って、制御不能《せいぎょふのう》にさせるだけだ。

「いやだ。あぁっ」

またしても、激しい欲望の荒波にもみくちゃにされて、膝《ひざ》をがくがくと震《ふる》わせる。

あふれる涙をぬぐいながら、恥じらうように顔をそむける優真《ゆうま》の姿に、鷹矢《たかや》は甘く瞳をすがめると、欲情しているのがわかる掠《かす》れた声で、「降参《こうさん》だ」とつぶやいた。

「きみはもっとそっけなくて、冷ややかなタイプだと思っていたのに」

鷹矢《たかや》は困《こま》ったように笑うと、熱に濡《ぬ》れたまなざしを揺《ゆ》らす。

「ずるいよ、きみは。僕をこんなにどきどきさせて」

「おまえが、こんなことするからだろっ」

鷹矢《たかや》の柔《やわ》らかな髪に指をからませ、責《せ》めるように引き寄せながら、優真《ゆうま》は云《い》い返す。

すると、優真《ゆうま》の付け根を絞《し》めつけていた鷹矢《たかや》の指が、ふいにはずれた。

「……ぁっ！」

行き場をなくして暴れていた奔流《ほんりゅう》が、堰《せき》を切ったかのように、優真《ゆうま》の欲望の器官《きかん》を這《は》い上がってゆく。

「だめっ。いくっ」

べたついたミルク色の飛沫《しぶき》が、下腹をぐっしょりと濡らすはずが。

「鷹矢《たかや》？」

震える先端《せんたん》を、鷹矢《たかや》の形のいい唇に包みこまれて……。

「ひぁんっ。あぁぁぁっ」

優真《ゆうま》は、甘い悲鳴《ひめい》とともに欲望のすべてを、花婿《はなむこ》の口の中に注《そそ》ぎこんでいた。

「優真《ゆうま》、可愛かったよ」

襦袢《じゅばん》の袖《そで》で濡れた唇をぬぐいながら、満足《まんぞく》げに鷹矢《たかや》がささやく。

「んっ？　あっ」

快感《かいかん》の余韻《よいん》で放心《ほうしん》していた優真《ゆうま》は、鷹矢《たかや》にキスされて、びくりと我《われ》に返った。

口元に広がる味の正体が、自分の放《はな》ったものだと気づいて。

「どうして？」

覗《のぞ》きこんでいる鷹矢《たかや》の甘いまなざしから、とっさに目をそらして、優真《ゆうま》は唇を咬《か》む。

「きみのを飲んだのかってこと？」

薔薇色《ばらいろ》に染《そ》まる優真《ゆうま》の耳朶《みみたぶ》を、指でいじりながら、鷹矢《たかや》は困惑《こんわく》げに吐息《といき》をついた。

「わからないよ、僕にも」

優真《ゆうま》同様、どことなく放心気味《ぎみ》に視線を揺《ゆ》らして、鷹矢《たかや》はつぶやく。

「……でも、これだけはたしかだ。優《ゆう》のじゃなきゃ、絶対にいやだよ」

「どうだか」

鷹矢《たかや》の云《い》うことは信じられない。

結婚という曽祖父《そうそふ》の試練《しれん》を見事にクリアして、将来の自分の地位を確固《かっこ》たるものにするために、仕方なく優真《ゆうま》を自分のものにしようとしているだけかもしれない。

（でなきゃ、あんなもの、飲めないよな？　自分のだって、ごめんだ）

けれども、鷹矢《たかや》は小さく微笑《ほほえ》むと、幸福《こうふく》そうな声で云《い》った。

「愛かな」

意外な鷹矢《たかや》のつぶやきに、優真《ゆうま》は、びくりと見上げる。

「優《ゆう》は？　僕の、飲める？」

期待するような鷹矢《たかや》の瞳から、優真《ゆうま》は思わず目をそらした。

「絶対無理」

「だよね」

思いのほかあっさりと鷹矢《たかや》はうなずいて、布団《ふとん》の上にごろりと横になって、目を閉じた。

胸が、ちくちくと痛む。

拒否《きょひ》するにしても、少し薄情《はくじょう》すぎただろうか？

（でも、無理なものは無理だから、仕方がないよな？）

そう自分を慰《なぐさ》めながら、優真《ゆうま》は、鷹矢《たかや》の端整《たんせい》な横顔を盗み見た。

鷹矢《たかや》は、このまま眠ってしまうつもりだろうか？

優真《ゆうま》はふと、監視《かんし》カメラのことを思い出す。

自分の痴態《ちたい》がどのように映《うつ》っているか、想像するだけで、顔から火が出そうになる。

だが、さしあたって問題なのは、そんなことじゃない。

（あれで、よかったんだろうか？）

よくはわからないが、花嫁《はなよめ》がいかされただけで、婚礼初夜《こんれいしょや》の儀式《ぎしき》が滞《とどこお》りなく取り結ばれたと、監視者《かんししゃ》は納得《なっとく》してくれるものだろうか？

（あとから、ねちねち云《い》われそうだな）

そのとき……。眠ってしまったのかと思っていた鷹矢《たかや》が、いきなりぱちりと瞳を開いて、優真《ゆうま》を振り返った。

「なに？」

「やっぱり、あれじゃ足《た》りない」

「あれって？」

しらばっくれるが、鷹矢《たかや》の熱い視線を頬《ほお》に感じて、優真《ゆうま》の心は揺《ゆ》れた。

（たしかに、気持ちよかったのは俺だけだし。鷹矢《たかや》だって、中途半端《ちゅうとはんぱ》はいやだよな）

だからといって、鷹矢《たかや》が自分にしてくれたこと以外に、男同士で相手を気持ちよくしてやれる方法は知らない。

（しかし、俺にはハードルが高すぎる）

鷹矢《たかや》のものを口で愛撫《あいぶ》する自分の姿を思わず想像してしまって、優真《ゆうま》は思わず真っ赤になった。

「優《ゆう》？」

「いや。俺はなにも……」

口での愛撫《あいぶ》を強要《きょうよう》されることを優真《ゆうま》がいやがっていると勘違《かんちが》いしたのか、鷹矢《たかや》は小さくため息をつく。

「大丈夫だよ。同じことをしろとは云《い》わないから」

優真《ゆうま》の肩を抱き寄せながら、鷹矢《たかや》は寂《さび》しげに視線をそらす。

「その代わり……」

鷹矢《たかや》はつぶやくと、優真《ゆうま》の腕をぐいとつかんで、自分の身体の上にひっぱり上げた。

「あっ」

「僕に乗っかって」

腰を支えられ、鷹矢《たかや》のウエストのあたりに跨《また》がらせられた優真《ゆうま》は、びくりと腰を退《ひ》く。

「優《ゆう》、これ」

枕《まくら》を直すついでに自分の耳を指差して、鷹矢《たかや》は片目で合図《あいず》してみせる。

(なんだ。足りないってのは、ひい爺様《じいさま》のほうか)

それを、鷹矢《たかや》がやり足りないのだと誤解《ごかい》してしまうなんて。

(すまない、鷹矢《たかや》)

優真《ゆうま》は、心の中で、鷹矢《たかや》に詫《わ》びた。

(それにしても、鷹矢《たかや》は立派だ。同じ歳《とし》なのに、欲望に流されてしまった俺に比《くら》べれば、ずっと)

おそらく鷹矢《たかや》は、自分を可愛がってくれる、ひいお爺様思いなだけで、本当は心優しい若者なのだろう。

それを、くわせものだのオオカミ野郎だのと、さんざん心の中でなじって申し訳なかったという気持ちになる。

成《な》り行《ゆ》きで、結婚式をあげたばかりか、うっかり新婚初夜《しんこんしょや》の真似《まね》ごとまでしてしまったが、数週間も経《た》てば日常生活に紛《まぎ》れて、記憶も薄《うす》れるだろう。

きっと夢だったんだ……と、自分をごまかせるくらいには。

その頃には、鷹矢《たかや》とも、すべて水に流して、これからはいい友人としてやっていけるかもしれない。

(こんなことで数年ぶりに再会したのも、なにかの縁《えん》があってのことだろうからな)

そう考えて、一人うなずいた優真《ゆうま》だったが……。

「あ……」

伸びてきた鷹矢《たかや》の両手に腰を持ち上げさせられ、少し後退《こうたい》した位置にふたたび下ろされた途端《とたん》、双丘《そうきゅう》に触れる猛々《たけだけ》しいふくらみのに正体に気づいて、低く唸《うな》った。

「なんだ、これは?」

「きみが想像しているとおりのものだよ」

悪びれもせずに、鷹矢《たかや》は答える。

「それはわかっている。俺が訊《き》いているのは、そんなことではない」

「あぁ、体位《たいい》の話か。これは、騎乗位《きじょうい》っていうんだよ」

鷹矢《たかや》は得意げに説明すると、支えている優真《ゆうま》の腰をゆるやかに前後に動かしながら、クスッと笑った。

「ね？　お馬さんに乗ってるみたいだろう？」

「ひぁっ」

先刻《せんこく》いかされたときに下着は脱がされたままなので、襦袢《じゅばん》の下は、ナマ肌《はだ》だ。

「あ、揺《ゆ》らすなっ」

けれども、ゆすられたせいで、鷹矢《たかや》のふくらみが、無防備《むぼうび》な谷間に食いこんでしまう。救いなのは、鷹矢《たかや》が下着をつけていることくらいだ。

「なんのつもりだよ？」

「だから、さっきの続き」

襦袢の上から、優真《ゆうま》のおしりの隆起《りゅうき》をいやらしい手つきで撫《な》でまわしながら、鷹矢《たかや》がねだる。

「ひいお爺様《じいさま》がお怒りみたいだ」

はだけた優真《ゆうま》の太腿《ふともも》に手をすべらせてきながら、他人事《ひとごと》のように鷹矢《たかや》が洩《も》らす。

「嫁《よめ》を甘やかして途中でやめるなんて、言語道断《ごんごどうだん》。最初の躾《しつけ》が肝心《かんじん》なんだってさ」

「だからって、こんな恥ずかしい体位でやる必要は……」

「え？」

優真《ゆうま》が文句《もんく》を云《い》うと、鷹矢《たかや》は、からかうようにまなざしを上げる。

「騎乗位が、恥ずかしいって？」

急に笑い出す鷹矢《たかや》を見て、優真《ゆうま》は眉根《まゆね》を寄せた。

「おまえはマグロのように寝てるだけだから、恥ずかしくはないだろうがな」

「あぁ、怒ったのならごめん。別にばかにしたわけじゃないよ」

口元に笑いを浮かべたままで、鷹矢《たかや》は謝《あやま》る。

「じゃあ、なぜ笑う？」

「いや。もっと恥ずかしい体位もいっぱいあるのに、きみが意外に純粋《じゅんすい》なんで、可愛いなと思っただけ」

「悪かったな、無知《むち》で。あいにく色事《いろごと》にはそれほど興味はない。おまえと違って、無理に子作りする必要がないし」

けれども、やはり鷹矢《たかや》にいやみは通じないらしく、さわやかな笑いを浮かべながら、優《ゆう》真《ま》を誘う。

「でも、僕のところへお嫁にきたからには、子作りも必要かもね。大丈夫。僕が手取り足取り、いろんな体位を教えてあげるから」

自信たっぷりに宣言《せんげん》する鷹矢《たかや》を、優真《ゆうま》は、ぽかんと見つめる。

真面目《まじめ》で優しそうに見えるのに、さすがキチクで有名な本家のひい爺様《じいさま》に可愛がられているだけのことはある。

「ね？」

悪戯《いたずら》っ子《こ》のように瞳をきらきらさせている鷹矢《たかや》に、にっこりと笑いかけられて、優真《ゆうま》は、脱力《だつりょく》しながら顔をそむけた。

「無茶《むちゃ》を云うな」

「どのあたりが無茶？」

「全部だ」

目をそらしたまま、優真《ゆうま》は答える。

「つきあい悪い……」

すねたように吐息《といき》を零《こぼ》すと、鷹矢《たかや》は、優真《ゆうま》の腰に手をからませながら身体を起こした。

「いいけど、僕のこれ、どうにかしてくれる？」

そう云《い》うと、鷹矢《たかや》は、正面座位《しょうめんざい》の恰好《かっこう》で、優真《ゆうま》を腕に抱きすくめた。

「おまえ……」

布《ぬの》を一枚挟《はさ》んでいるとはいえ、優真《ゆうま》の谷間には、鷹矢《たかや》のたくましい隆起《りゅうき》が深々と刺《さ》さっている。

（この野郎……。ひい爺さんをダシに使って。やっぱりおまえが足りてないんじゃないかよ！）

　たしかに、相手にご奉仕《ほうし》しただけで満足する健全《けんぜん》な十八歳の男なんて、想像もつかないが。

「俺にどうしろと？」

「僕の上で、可愛く腰を振ってくれたら最高《さいこう》なんだけどな」

「いやだと云《い》ったら？」

　一応、訊《き》いてみる。

　すると案《あん》の定《じょう》、望ましくない答が返ってきた。

「仕方ないから、口でしてもらおうかな。お爺様から、やり直しさせられそうだけど」

「わかった。上で動けばいいんだな」

　優真《ゆうま》はため息をつくと、布団《ふとん》の上から振袖《ふりそで》をひっぱり寄せて、頭からかぶった。

　そのあいだに、鷹矢《たかや》は、人の襦袢《じゅばん》の裾《すそ》を勝手に腰までめくり上げている。

「こうしたほうが、動きやすいだろう？」

「余計なお世話だ」

　先刻《せんこく》いかされたときに、下着は脱がされてしまっているので、裾をめくられると、鷹矢《たかや》に比《くら》べるといささか見劣《みおと》りのする自分のものが、隠すものもなくさらされてしまう。

振袖《ふりそで》のおかげで、カメラからは死角《しかく》になるが……。

鷹矢《たかや》にはもちろん、自分にも見えなくするにはどうすればいいだろうか。

とりあえず片手で隠しながら思案《しあん》していると、それに気づいたらしい鷹矢《たかや》が、優真《ゆうま》の腕を引き寄せた。

「僕の上に跨《また》ったまま、二人のこれが重なり合うように、こうやって……」

優真《ゆうま》の腰をつかんで、ちょうどのポジションに素早く移動させる。

そして鷹矢《たかや》は、腕を伸ばして、優真《ゆうま》の頬《ほお》を両手で包みこむと、優しく引き寄せ、深く唇を重ねた。

「ん、ふっ」

とろけるような舌の動きに合わせて、鷹矢《たかや》がゆるやかに腰を揺《ゆ》らし始める。

「あ、いいよ。優《ゆう》……」

濡《ぬ》れた吐息《といき》を洩《も》らす鷹矢《たかや》につられて、優真《ゆうま》も夢中で腰を振る。

二人のものが、じれったくこすれ合う感覚がたまらなくて、先刻達《せんこくたっ》したばかりなのに、優真《ゆうま》のそれも、またすっかり頭をもたげていた。

だが、鷹矢《たかや》のものは、優真《ゆうま》とは比《くら》べ物にならないくらい、かたくて、燃えるように熱くて……。

それが、下腹に突き刺さる感じが、ひどく刺激的で、優真《ゆうま》はまた股間《こかん》をぐっしょりと濡らしてしまう。

「あっ、だめっ」

優真《ゆうま》は、唇を離して、鷹矢《たかや》の胸に顔をうずめる。

鷹矢《たかや》をいかせるのが目的なのに、自分が先にいってしまうなんて……。

「嫁《よめ》として、失格だな」

「そんなことないよ。きみが可愛すぎるせいで、僕も絶倫《ぜつりん》に磨《みが》きがかかる感じ」

鷹矢《たかや》は笑うと、優真《ゆうま》を振袖ごと抱きかかえるようにしながら、身体を起こした。

「だめ。ずれるっ」

これまで二人の欲望が重なる位置だったのが、今は鷹矢《たかや》の先端が優真《ゆうま》の双丘《そうきゅう》の谷間を突き上げている。

「入れていい？」

掠《かす》れた声音《こわね》で、鷹矢《たかや》が訊《き》く。

「は？」

なにを云《い》われたのかよくわからずに、ぼんやりと首をかしげる優真《ゆうま》を抱きしめながら、鷹矢《たかや》は自身の先走《さきばし》りと優真《ゆうま》のもので濡れた切《き》っ先《さき》を、花嫁《はなよめ》の双丘にすべりこませた。

「ひぁっ、なに？」

「ごめん。少しだけ我慢《がまん》して」

優真《ゆうま》の耳を舌で愛撫《あいぶ》しながら、鷹矢《たかや》は、強引《ごういん》に腰を突き上げる。

「や、痛っ！　無理っ」

先端《せんたん》を突き入れようとしただけで悲鳴をあげる優真《ゆうま》をなだめるように、鷹矢《たかや》は、優しく唇を重ねた。

「んっ、んっ」

最初はそっと戯《たわむ》れるようだったキスが、次第に深く激しくなる。

「あ、んっ、ふぁっ」

なまめかしくからみついてくる鷹矢《たかや》の舌に翻弄《ほんろう》されて、萎《な》えたはずの身体の中央にまた淫《みだ》らな火種《ひだね》がともるのを知って、優真《ゆうま》は耳まで赤くなる。

本家の帝王学《ていおうがく》のひとつにでも含《ふく》まれているのか、鷹矢《たかや》のキスは相変わらずの威力《いりょく》だ。

けれど今、それ以上に優真《ゆうま》を乱れさせているのは、秘められた蕾《つぼみ》を押し開いて、中に潜《もぐ》りこもうとしている、鷹矢《たかや》の熱い切っ先だった。

「いやっ、鷹矢《たかや》っ」

「やっぱり狭《せま》いね」

耳元で鷹矢《たかや》が、声を掠《かす》れさせながらささやく。

「当然……。あ、やっ」

無理やりでは逆効果だと悟《さと》ったらしく、鷹矢《たかや》は巧《たく》みに腰を使いながら、優真《ゆうま》の蕾のあたりを、優しくへこませては、やんわりと退《しりぞ》く。

「あぁっ、はぁっ」

入り口のあたりで、ゆっくりと進退《しんたい》を繰り返しているたくましいそれから、のがれようとして腰を振っていたはずなのに……。

いつのまにか自分のほうから、奥へと誘いこもうとしていることに気づき、優真《ゆうま》は、小さく息をのんだ。

「可愛いよ、優《ゆう》……」

耳元で甘くささやかれて、優真《ゆうま》は鷹矢《たかや》のものを、思わずびくんと絞《し》めつけてしまう。

「欲しい？」

掠れた声で問う鷹矢《たかや》に、優真《ゆうま》は夢中でしがみついた。

「違っ。欲しくなんかない」

自分から、ねだるように腰を押し当てながら、優真《ゆうま》は頭を左右に振る。

「強情《ごうじょう》なんだから。……でも、そんなところもすごく好みだよ」

耳打ちすると、鷹矢《たかや》は、優真《ゆうま》の胸を探り始めた。

カメラからは見えないのをいいことに、襟《えり》のあわせから手を差し入れて、優真《ゆうま》の小さな乳首《ちくび》をじかにつまんで、優しくこねまわす。

「んっ、あんっ」

快感《かいかん》にのけぞる優真《ゆうま》の喉元《のどもと》にくちづけながら、鷹矢《たかや》は吐息《といき》でささやいた。

「感じやすい身体だね。淫《みだ》らで、……愛《いと》しい」

そのささやきに、また感じてしまって、優真《ゆうま》はびくんと下肢《かし》をひくつかせる。

「きみのすべてを、僕のものにしたいよ」

指先で、優真《ゆうま》の胸をやんわりと撫《な》でまわしながら、鷹矢《たかや》は腰を進めてくる。

「あっ、いやっ。大きいっ」

「愛してる、……優真《ゆうま》」

突き上げてくる鷹矢《たかや》の先端《せんたん》をのみこんだと思った途端《とたん》、優真《ゆうま》は深すぎる快感と痛みに目の前が暗くなって……。

「あ、あぁっ」

下腹を熱いもので濡《ぬ》らしながら、優真《ゆうま》は意識《いしき》を手放《てばな》していた。

Mariage★4

〔新婚生活は甘くない？★〕

魔《ま》のＧ《ゴールデン・》Ｗ《ウィーク》が終わっても、優真《ゆうま》のもとに、平和な日常生活は、戻ってはこなかった。

アラームが鳴り出す前に目を覚ました優真《ゆうま》は、となりで眠っている天使のように綺麗《きれい》な男の顔を見遣《みや》って、深いため息をついた。

（こいつとは、あの一夜限りのはずだったのに）

思い出すだに忌々《いまいま》しい。

ひい爺様《じいさま》に監視《かんし》されている状況での使命感と、新婚初夜《しんこんしょや》という淫靡《いんび》な雰囲気《ふんいき》についつい流されて、初めて教えられた快感《かいかん》に思いっきり溺《おぼ》れてしまったわけだが。

……当然ながら、優真《ゆうま》は激しく後悔《こうかい》していた。

まるで二日酔《ふつかよ》いか、風邪《かぜ》のひき始めのような、強烈な頭痛で目が覚めたあの朝の、最悪な気分を、優真《ゆうま》はいまだに忘れてはいない。

頭だけじゃなく腰も痛むし、なにかが股《また》に刺《さ》さっているみたい感じが離れないし、男の腕枕《うでまくら》で眠ってしまっていたという屈辱感《くつじょくかん》は半端《はんぱ》ないしで、一生分《いっしょうぶん》の災厄《さいやく》が一度にやってきたかのようだった。

冷静になって考えれば、監視カメラの話も、はなはだインチキくさい。

ひい爺様の声を聞かされ、うっかり信じてしまったが、もしかしたら、鷹矢《たかや》の与太話《よたばなし》に、まんまとだまされたのかもしれない。

けれど、あんな痛い思いまでして、男相手に頑張ったのが、すべて無駄《むだ》だったと思うのがいやで、いまだに真偽《しんぎ》は確かめられずじまいだ。

　とにかく、あれがうそでも本当でも、目を覚ました鷹矢《たかや》の頬《ほお》を力まかせにひっぱたいてやったあとは、さっさと実家《じっか》に帰って、可愛い優華《ゆうか》のアルバムでも眺《なが》めながら、残りの連休をのんびりと過ごすつもりでいたのに。

「忘れてないよね、昨夜の約束」

　鷹矢《たかや》はそのひとことで、優真《ゆうま》を檻《おり》につないでしまった。

「今回の件を秘密にしてあげる代わりに、僕と一緒に新婚生活《しんこんせいかつ》を送ってくれるという約束」

「そんな約束、した覚えはない」

　きっぱりと云《い》い返す優真《ゆうま》に、鷹矢《たかや》は、和箪笥《わだんす》の引き出しから、一枚の和紙《わし》を差し出した。

「なんだ、これは？」

「証文《しょうもん》だよ。きみが僕と交わした契約《けいやく》の。ちゃんと、印《いん》もある」

「朝比奈《あさひな》って、これ、おまえの印鑑《いんかん》じゃないのか？」

　優真《ゆうま》の問いには答えずに、鷹矢《たかや》は、その証文を素早く取り上げた。

「これをうっかり、ひいお爺様の前で落としたりしてね」

「……っ！」

「きっと残念なことになるだろうな。せっかくきみが、身体《からだ》を張って優華《ゆうか》ちゃんのために頑張ったのにね」

優真《ゆうま》が脱ぎ捨てて、脱衣籠《だついかご》の中に投げた襦袢《じゅばん》をつかみあげて、純白《じゅんぱく》に散った鮮血《せんけつ》の跡《あと》を眺《なが》めながら、鷹矢《たかや》は気の毒そうにため息をつく。

「おまえだって、共犯《きょうはん》のくせに」

「僕の立場は、あくまでも花嫁《はなよめ》にだまされた可哀想《かわいそう》な花婿《はなむこ》だよ。心身《しんしん》ともに契《ちぎ》りを結んだ相手が、花嫁の双子の兄だったなんて。きっとみんな同情してくれる」

「人の貞操《ていそう》を無理やり奪《うば》ったくせに……よくも……」

優真《ゆうま》がにらむと、鷹矢《たかや》は、くすっと思い出し笑いを洩《も》らした。

「ああいうのを、『無理やり』っていうとは知らなかったな。もしかして、『ノリノリ』の間違い？」

鷹矢《たかや》のせいで、優真《ゆうま》の頭痛は、さらにひどくなる。

「……もういい。一緒に住めばいいんだろ、おまえと」

それ以上、口の達者《たつしや》な鷹矢《たかや》相手に口論《こうろん》をするのがいやになって、優真《ゆうま》は、仕方なく同居《どうきょ》を了承《りょうしょう》してしまったのだった。

「だからといって、同じベッドで寝る必要がどこにあるんだ？」

優真《ゆうま》は、かたわらで羽根枕《はねまくら》を抱きしめて、幸せそうに惰眠《だみん》をむさぼっている鷹矢《たかや》を、恨《うら》めしげににらんだ。

朝の光が、豪奢《ごうしゃ》な寝室のダブルベッドの純白の天蓋布《てんがいふ》ごしに、きらきらと爆《は》ぜている。

一年で一番美しい、春の花の季節だ。

ヴェランダの向こうでは、緑に萌《も》える森林公園の木々が、優しい春風に木《こ》の葉《は》を揺《ゆ》らしていた。

どこからか、甘い薔薇《ばら》の香《かお》りが漂《ただよ》ってくる。

公園の一角《いっかく》に、たしか大きな薔薇園があったのを、優真《ゆうま》は思い出した。

この部屋に引っ越してきて、まだ一週間もたっていない。

そう。ここは、連休の前まで暮らしていた自宅の優真《ゆうま》の部屋ではなく、曽祖父《そうそふ》が目に入れても痛くないほど可愛がっている鷹矢《たかや》とその新妻《にいづま》のためにプレゼントした、億《おく》ションの一室だった。

「うわっ！　なんだ、これは？」

優真《ゆうま》は、自分が女物のシースルーのネグリジェを着ていることに気づき、一瞬まだ夢の中かと疑《うたが》う。

けれども……。

「痛《いた》っ」

手の甲《こう》を軽くつねってみた結果、紛《まぎ》れもなく現実だと知って、絶望の吐息《といき》を零《こぼ》した。

おそらく、人が眠っているあいだに、悪戯《いたずら》好きな妖精《ようせい》さんが、こっそり着替えさせたのだろう。

（……なんて、現実逃避《げんじつとうひ》している場合か？）

自分を諌《いさ》めはしたものの、乙女チックなリボンだのヒラヒラだのがついたパールホワイトのネグリジェから透《す》けている自分の上半身を見て、もう一度布団《ふとん》を頭からかぶって、寝直してしまいたくなった。

（もしかしてっ！）

急に不安になって、ふわふわした軽い羽根《はね》布団を少しだけめくる。

ご丁寧《ていねい》に、人の就寝中《しゅうしんちゅう》に、こんなものに着替えさせた犯人のことだ。

シースルーのいやらしい寝巻《ねま》き姿で横たわる自分を、じっくり観賞《かんしょう》したに違いない。

（下着まで脱がされていたりしたら、とても立ち直れない）

だが、あらわになった腰のあたりを、おずおずと覗《のぞ》くと、愛用の黒いビキニパンツが、くっきりと透けて見えた。

（助かった……）

優真《ゆうま》は、ほうっと肩で吐息をつく。

下着一枚でも無事に身につけていれば、恥ずかしさもまだどうにか我慢《がまん》できる範疇《はんちゅう》だ。

この一週間弱《じゃく》でそこまで忍耐強《にんたいづよ》くなった自分に涙しながら、優真《ゆうま》はこっそりと布団から抜け出る。

（早く着替えて、朝食の準備をしないと……）

けれども、新婚仕様《しんこんしよう》の天蓋付《てんがいつ》きのベッドから床《ゆか》にすべり下りようとする優真《ゆうま》の腰を、眠っていたはずの鷹矢《たかや》の腕が、がしっと捕《と》らえた。

「おはようのキスは？」

優真《ゆうま》を腕の中に抱き戻しながら、鷹矢《たかや》は目を閉じたまま尋《たず》ねる。

まだとろんと眠そうな鷹矢《たかや》の声は、いつにも増してエロティックだ。

おまけに、寝ぼけているのか、鷹矢《たかや》はネグリジェの上から、優真《ゆうま》の胸元をいやらしい手つきで撫《な》でまわし始める。

「あっ、ばか。やめろっ」

突起《とっき》の先端《せんたん》を指先でつままれて、てのひらで周囲を揉《も》まれると、熱で頭がぼんやりして、呼吸まで乱れてくる。

「はぁっ、ぁっ」

乳首《ちくび》をやんわりと指先で転がされると、下半身まで妙《みょう》な感じになって、優真《ゆうま》はもぞもぞと膝《ひざ》をすり合わせた。

「ね、キス……」

吐息《といき》が触れ合うほどに、鷹矢《たかや》の唇が近づいてくる。

からみついてくる熱い舌に強く吸われる感触を思い出し、ディープなくちづけを教えこまれた唇が物欲しげに疼《うず》くが……。

ここでキスなど許《ゆる》したら朝からまずいことになると気づいて、すんでのところで優真《ゆうま》は顔をそむけ、鷹矢《たかや》のキスを避《さ》けた。

「優《ゆう》、そんな意地悪《いじわる》しなくても、キスくらい、いいだろう？」

思いっきり不満そうな声で、鷹矢《たかや》がすねる。

「僕たち、新婚《しんこん》なのに」

「偽《にせ》のな」

そう云《い》い捨てて、腕の中から這《は》い出ようとする優真《ゆうま》に、鷹矢《たかや》はなおも身体をすり寄せてねだった。

「じゃあ、おはようのエッチ」

「そんなひまはない」

たとえ時間があったとしても、応《おう》じる気はさらさらないが。

「おまえもさっさと起きて、出かける準備をしろ！　俺より、学校遠いんだから」

「いやだ。もう少し、優《ゆう》とこうやっていちゃいちゃしていたい」

「夢を見るのは、寝てるときだけにしろ」

（それにしても、鷹矢《たかや》がこれほどまでに甘えっ子だったとは……）

外面《そとづら》がよすぎるだけに、そのギャップにはあいた口が塞《ふさ》がらないほどだ。

「日の出前に起きて、公園で竹刀《しない》を振るのはいいが、戻ってきて寝直すから、起きられないんだぞ」

「だって、可愛い花嫁《はなよめ》が気持ちよさそうに眠っていたら、なにを置いても、となりにもぐりこみたいと思うものだろう？」

「誰が可愛い花嫁だ。往生際《おうじょうぎわ》悪く云《い》い訳《わけ》していないで、今すぐ起きろ！」

叱《しか》りつけて、優真《ゆうま》は無理やり布団《ふとん》を剥《は》ぎ取ろうとする。

実家《じっか》にいるときは、優真《ゆうま》自身がぎりぎりまで布団にしがみついていて、母親に呆《あき》れられていたのだが……。

人は近くにだらしない奴がいると、見栄《みえ》を張って、自然ときりきりしてしまうものらしい。

「朝飯《あさめし》は、ご飯と味噌汁《みそしる》に焼き魚でいいな」

見栄を張るあまり、これまで調理実習でしかやったことのない料理まで始めてしまった優真《ゆうま》だ。

朝比奈《あさひな》本家から、使用人を通わせるという申し出もあったのだが、へたに出入りされて、鷹矢《たかや》が一緒に暮らしているのが優華《ゆうか》ではなく優真《ゆうま》だと知られるとまずいので、涙を飲んでお断わりしたのだった。

(俺がこれほどまでに頑張っているというのに、この男ときたら!)

親が社長とはいえ、お手伝いさんがひとりいる程度であとは一般家庭とそれほど変わらない家で育った優真《ゆうま》でさえも、家事《かじ》なんてほとんどしたことがないのに。大財閥《だいざいばつ》の本家に育った真性《しんせい》のお坊《ぼっ》ちゃまである鷹矢《たかや》が、料理だの掃除《そうじ》だのに馴染《なじ》んでいるとも思えない。

(仕方ないか。将来こいつが、俺の運命を左右する立場にならないとも限らないからな)

もちろん上司的《じょうしてき》な意味でだが。

しかし、今すでに、自分の運命を鷹矢《たかや》に握られていることに気づいて、優真《ゆうま》はがっくりと肩を落とした。

なのに、わがままな旦那様《だんなさま》は、憂《うれ》いひとつない晴れやかな顔で、お高そうな羽根布団《はねぶとん》を少しめくって、性懲《しょうこ》りもなく優真《ゆうま》を手招《てまね》きしている。

「優《ゆう》……、ほら、おいで」

寝まきは、襦袢《じゅばん》ではないが、白いシルクの着物だ。

その下には、なにひとつ身につけていないことを、優真《ゆうま》は知っている。

毎晩、その身体に抱きしめられて、眠っているから。

（なぜ俺は、こいつにあんなこと許《ゆる》してるんだ？）

思い出すだけで、顔が熱くなる。……顔だけじゃなく、身体も。

下腹にまとわりつく愛撫《あいぶ》の余韻《よいん》がまだなまなましいのは、昨夜も、鷹矢《たかや》の唇でいかされたせいだ。

それも、一度だけではなく。

さすがに、初めての夜みたいに、出血沙汰《しゅっけつざた》になるようなことまではしないが、気がつくと、その一歩手前くらいまでのことは許してしまっている。

（きっぱりと拒《こば》みきれない俺も悪い）

だが、もう新婚ごっこはこれまでだ。

休暇《きゅうか》も終わり、今日からはまた学生生活が始まる。

優真《ゆうま》自身も、高等部の生徒会長をつとめていることもあり、学業のほかにもなにかと忙《いそが》しい身ではあるが、鷹矢《たかや》は、T大合格率《だいごうかくりつ》トップの超《ちょう》エリート校に通っている上に、生徒会長で剣道部の部長でもあるらしい。

きっと学校が忙しくて、新婚ごっこどころか、愛だの恋だのエッチだのに時間を裂《さ》く余《よ》裕《ゆう》など、なくなるに違いない。

けれど、鷹矢《たかや》は優真《ゆうま》と、勝手に日課《にっか》と決めた朝エッチをやる気満々《まんまん》らしい。

「優《ゆう》、早くしないと、時間がなくなるよ」

強引に腕の中に抱きこまれ、優真《ゆうま》は、とりあえず抵抗《ていこう》してみる。

無駄に労力《ろうりょく》を使うのはばからしいので、形だけだが。

(こんなものぐさな考えが、敗因《はいいん》なのかも)

だが、低血圧低血糖《ていけつあつていけっとう》タイプなだけに、朝からテンションの高い鷹矢《たかや》に、勝てる気がしなかった。

体力の差も歴然《れきぜん》としているし、自信のあった頭の回転に関しても、もしかしたら負けているんじゃないかと、最近弱気な優真《ゆうま》だ。

(だが、学校へ行きさえすれば!)

カリスマ生徒会長の優真《ゆうま》を『帝王《ていおう》』と慕《した》う、可愛い生徒たちが掃《は》いて捨てるほどいる。

(掃いて捨てちゃだめだろ!)

自分にツッコミを入れたそのとき、突き刺すような視線をふいに感じて、優真《ゆうま》はまなざしを上げた。

すると、いつのまにか上半身を起こして優真《ゆうま》を覗《のぞ》きこんでいる鷹矢《たかや》と、目が合う。

「なんだよ?」

「いや。優《ゆう》って、どうしていつも、しかめっつらなのかなと思って」

「そんなことはないと思うが」

そう答えはしたものの、自分がいつもどんな表情をしているかなんて、気にしたことがないので、自信はない。

「不機嫌《ふきげん》な顔も個人的には好きだけど、笑ってたほうが可愛いと思うよ」

「そ、そうか？　って！　男が可愛くてどうするっ」

さらにしかめっつらになりながら優真《ゆうま》が云《い》い返すと、鷹矢《たかや》は、だめだめと、枕元《まくらもと》の手《て》鏡《かがみ》を渡した。

白雪姫《しらゆきひめ》の魔法の鏡の手鏡版みたいな、男の寝床《ねどこ》にあるには、かなり恥ずかしい品だ。

「いいから、鏡の中の自分の顔を見て」

魔法少女のアイテムみたいなそれを、今すぐヴェランダから投げ捨てたい衝動《しょうどう》をどうにかこらえ、ひそかにため息をつくと、優真《ゆうま》は、渋々《しぶしぶ》と手鏡の中の自分を覗きこんだ。

「どう？　可愛いよね、僕の花嫁《はなよめ》は」

語尾《ごび》にハートマークをつけそうな勢いで自慢《じまん》すると、鷹矢《たかや》は身を乗り出して、優真《ゆうま》の映《うつ》っている手鏡を横から覗きこんでくる。

「はぁ？」

思いっきり眉根《まゆね》を寄せて優真《ゆうま》がにらむと、鷹矢《たかや》は「ごめん」と笑ってごまかしながら、手鏡を奪《うば》い取った。

そしてふたたび優真《ゆうま》に鏡面《きょうめん》を向けながら、うながす。

「笑ってみて」

「おかしくもないのに、笑えるか」

そっけなく拒否《きょひ》する優真《ゆうま》を、鷹矢《たかや》は、憐《あわ》れむように横から抱きしめた。

「昔から云《い》うだろう？　顔で笑って、心で泣いて……って」

優真《ゆうま》の肩に顎《あご》をのせながら、鷹矢《たかや》は、あやすみたいに人の髪を撫《な》でまわす。

「男は笑顔が勝負だから、いつも鏡《かがみ》を見て、笑う練習をするようにって、教わらなかった？」

「あぁ、まったくな」

うざったげに鏡を押しのけながら、一刀両断《いっとうりょうだん》にする優真《ゆうま》を、鷹矢《たかや》はがっかりした顔で見つめる。

「優《ゆう》の笑顔の待ち受けが一枚もないから、欲しかったのに」

鷹矢《たかや》は、背後《はいご》に隠《かく》していた自分の携帯電話のフリップを開きながら、残念そうに云《い》った。

「おまえ、そんな理由で……」

携帯をいじっている鷹矢《たかや》を、優真《ゆうま》は呆《あき》れた顔で見遣《みや》る。

途端《とたん》、頭の中にある疑惑《ぎわく》が浮上《ふじょう》して、待ち受け画面を覗《のぞ》きこんでいる鷹矢《たかや》の腕をつかんだ。

「なに？　きみから誘ってくれるの？」

嬉しそうな顔で、鷹矢《たかや》が訊《き》く。

「ばかを云《い》うな。そんなことより、携帯を見せろ」

「なぜ？」

「いいから、寄越《よこ》せ！」

優真《ゆうま》は、鷹矢《たかや》から、スマートなホワイトボディの携帯電話を奪《うば》おうとする。

けれども、抵抗され、もつれこむように鷹矢《たかや》の上に倒れこんでしまった。

「今朝《けさ》の優《ゆう》は、積極的《せっきょくてき》だね。僕を押し倒すなんて」

「違うっ。おまえの携帯の待ち受けを確かめたいだけだ」

云《い》い返すと、優真《ゆうま》は、しつこく鷹矢《たかや》の携帯に手を伸ばそうとする。

「心配しなくても、ほかの子の写真なんか、待ち受けにしてないよ」

しゃにむに携帯を奪おうとする優真《ゆうま》から上手に手元を逃がしながら、鷹矢《たかや》は楽しそうに微笑《ほほえ》みかけた。

「ほら。ちゃんと僕の可愛い花嫁《はなよめ》だろう？」

「うっ」

鷹矢《たかや》の差し出した待ち受けの写真を見て、優真《ゆうま》は一瞬絶句《ぜっく》する。

そこには、ウエディングドレス姿でツンと澄《す》ました優真《ゆうま》のバストショットが映《うつ》っていたから。

「……いつのまに」

「これはブーケトスの前にみんなの前で挨拶《あいさつ》してるところかな？　雪矢兄様《ゆきやにいさま》が撮《と》って送ってくれたんだ。ガータートスの写真もあるけど、見たい？」

「いや……」

急に頭痛がしてきて、優真《ゆうま》は「もういい」と、携帯を片手で押しのけながら、鷹矢《たかや》の上から身体をどかそうとする。

けれども鷹矢《たかや》は、優真《ゆうま》の腰に腕をまわして、逃げられないようにしながら、意味深《いみしん》に声をひそめてささやいた。

「もっと可愛い写真もあるんだけどな」

「まさか……」

本家の離れで過ごした初めての夜が脳裏に浮かんで、優真《ゆうま》はごくりと息をのむ。

（いや、さすがに世間《せけん》知らずの恥知らずなお坊ちゃんでも、やられて憔悴《しょうすい》している人間の寝顔を撮るような真似《まね》はしないだろう）

優真《ゆうま》は、必死に自分にそう云《い》い聞かせる。

もちろん、鷹矢《たかや》を擁護《ようご》したいわけではなく、自分自身の精神衛生《せいしんえいせい》のために。

（だが、もしもの場合があるからな。鷹矢《たかや》が風呂に入っているときにでも、結婚式の写真もろとも、こっそり削除しておこう）

そう決意すると、優真《ゆうま》は、興味を失ったふりをして、鷹矢《たかや》の顔の脇に片手をついた。

「好きにしろ。それよりおなかすいただろう？　すぐに朝食の準備するから、おまえも」

「いいよ、僕は。優《ゆう》に甘えてばかりなのも申し訳ないし。学校のある日は、朝はコンビニでパンでも買うから」

「え？　しかし」

そのほうが気が楽なのはやまやまだが、『じゃあ、それで』と簡単にうなずけない事情もある。

花嫁《はなよめ》の心得《こころえ》として、本家の大叔母《おおおば》から渡された覚え書《おぼえが》きの中に『朝食』の項目《こうもく》があり、必ず自宅で食べさせるようにと、傍線《ぼうせん》まで引かれていたからだ。

手抜きをせずに七品以上栄養価《えいようか》も考えて云々《うんぬん》というのまでは、さっくり無視していたが、さすがに鷹矢《たかや》ほどの良家《りょうけ》の坊ちゃまに、朝からコンビニで買い食いはさせられない。

というより、それがひい爺様《じいさま》にばれたら、大変なことになる。

そうでなくても、本家で同居《どうきょ》してはどうかという話も、前々から再三《さいさん》出ていたのに。

嫁《よめ》としての責任を果《は》たしていないのがばれたら、きっと行儀見習《ぎょうぎみなら》いの意味も含めて、本家での生活を余儀《よぎ》なくされるに違いない。

そうなると、本気で面倒なことになる。

花嫁の心得には、『夜のお勤《つと》め』に関する項目も、かなりのページ数を使って、綿密《めんみつ》につづられていたから。

（冗談《じょうだん》じゃない……）

監視《かんし》カメラの件が鷹矢《たかや》の出まかせだったとしても、ことあるごとに、ちゃんとお勤《つと》めができているかチェックされたら、たまったもんじゃない。

「大丈夫だ。遠慮などするな。朝飯《あさめし》くらいはちゃんと俺が面倒見てやる」

（まぁ、三品が限度だけどな）

同じ高校生同士なのだから、鷹矢《たかや》もそのくらいは許《ゆる》してくれるだろう。

「そんなわけだから、さっさとこの手を離せ」

まだしつこく腰にまきついている鷹矢《たかや》の腕を、片手で引き剥《は》がそうとするけれども。

「いやだ」

見かけによらず駄々《だだ》っ子《こ》な鷹矢《たかや》に、さらにきつく抱きすくめられてしまった。

「おい、鷹矢《たかや》」

わがままもいい加減にしろと、たしなめようとした優真《ゆうま》は、鷹矢《たかや》の昂《たか》ぶった股間《こかん》が下肢《かし》に押し当てられるのを感じて、真っ赤になった。

「なんのつもりだ？」

「だから……、僕は、朝ご飯より、優《ゆう》を食べたいんだってば」

耳元で、吐息《といき》まじりの熱っぽい声が、甘くねだる。

「な、なに云《い》ってるんだ、このばかっ」

「ばかでもいいよ。きみが欲しくて、おかしくなりそう」

頬《ほお》をすべりおりてくる鷹矢《たかや》の口元が、切《せつ》なげにささやいて、優真《ゆうま》の唇に重なってくる。

「ん、あ……」

(だめだ。今キスされたら、絶対なし崩《くず》しになる)

頭ではわかっているのに、鷹矢《たかや》の熱い昂ぶりをすり寄せられて、優真《ゆうま》の下腹も、ひくひくと疼《うず》いてしまう。

すると鷹矢《たかや》は、唇を離して、優真《ゆうま》のおしりを両手で軽く引きずり上げた。

「な？」

胸のあたりが鷹矢《たかや》の口元にくるあたりまで、引っぱりあげられて、優真《ゆうま》はとっさに、枕元《まくらもと》に両手をつく。

「どういうつもりだ？」

「うん？　こうするつもり」

鷹矢《たかや》は優真《ゆうま》を見上げながら、透けたネグリジェの胸元を、やんわりと指でさすり上げた。

「やだ、そこは……」

「感じちゃうんだろう？　すごく」

そのくらいわかってるよと云《い》いたげに、鷹矢《たかや》は微笑《ほほえ》む。

「ほら、こうすると」

乳首《ちくび》を二本の指で挟《はさ》まれると、甘い熱がずくんと身体を突き抜ける。

「やっ」

思《おも》わずのけぞると、鷹矢《たかや》は両手のてのひらで、優真《ゆうま》の胸を円を描くように撫《な》でまわした。

「……っ、だめっ」

身体を支えていた腕の力が抜けて、優真《ゆうま》は鷹矢《たかや》の上に、胸から倒れこんでしまう。

すると、それを待っていたかのように、鷹矢《たかや》の唇が、優真《ゆうま》の乳首《ちくび》に吸いついた。

「ひぁんっ」

薄《うす》い布越《ぬのご》しに、きゅうっと強く吸われて、優真《ゆうま》はひくひくと腰を震わせる。

「身体は正直だね」

鷹矢《たかや》はクスッと笑うと、片手で優真《ゆうま》のネグリジェの裾《すそ》をめくり上げ、てのひらをするりと中へもぐりこませた。

「やめっ！」

膝《ひざ》を閉じて阻止《そし》しようとするけれども、鷹矢《たかや》の手は強引に、優真《ゆうま》の太腿《ふともも》を付け根へ向かって、這《は》い上がってゆく
もちろん、唇と舌で、優真《ゆうま》の胸を愛撫《あいぶ》しながら……。

そして、目的の場所にたどり着いた鷹矢《たかや》の手は、優真《ゆうま》のふくらみの形を確かめるように、優しくそこを包みこんだ。

「ん！」

さらに、ひとさし指と中指で、ゆるやかに隆起《りゅうき》を撫《な》でさすられ、優真《ゆうま》は息をのむ。

「優《ゆう》は、胸を可愛がられると、こっちも欲しくなっちゃうんだよね？」

胸の突起《とっき》を舌でこねまわしながら、鷹矢《たかや》がからかう。

「違うっ。俺は、欲しくなんか」

必死に否定《ひてい》するけれども、鷹矢《たかや》の指にもてあそばれるにつれて、自分の欲望が浅《あさ》ましく姿を変えてゆくのを痛いほどに感じる。

「離せっ」

身をよじって身体を離そうとする優真《ゆうま》を、鷹矢《たかや》は、体勢を入れ替え、シーツにあおむけに押さえつけながら、苦笑《くしょう》を洩《も》らした。

「優《ゆう》は本当に、男の支配欲を煽《あお》るのが上手だね」

声を低くして意地悪にささやくと、鷹矢《たかや》は、力強く頭をもたげた自らの熱い昂ぶりを、優真《ゆうま》の太腿《ふともも》の谷間に押し当てた。

「すぐにでも、僕のこれを、きみのいやらしいここにねじこんで、許《ゆる》しを請《こ》うまで泣かせてやりたくなる」

鷹矢《たかや》のかたいもので、股間《こかん》をこすりあげられると、下着の中央が、はしたない先走《さきばし》りの蜜《みつ》でじわりと濡《ぬ》れるのがわかって、優真《ゆうま》はびくりと膝《ひざ》を閉じ合わせた。

「やっ、ばかっ」

顔をそむけながら、優真《ゆうま》は鷹矢《たかや》を責《せ》める。

「また下着を替えなきゃいけなくなるだろうがっ」

行為《こうい》をやめてほしいという意味だったのだが。

「それなら、脱がせてあげなきゃね。もう手遅れだとは思うけど」

鷹矢《たかや》はわざわざそう云《い》い添《そ》えると、指先で、優真《ゆうま》の下着を器用《きよう》に引きずりおろした。

「違うっ」

膝のあたりまでおろされたそれを、もう一度ひっぱり上げようとするが。

「あっ」

強引に膝を曲げさせられ、足首から抜き取られて、優真《ゆうま》はネグリジェの裾であわてて股間を隠した。

「誰が、こんなことしろと云った？」

優真《ゆうま》が責めると、鷹矢《たかや》は、笑いながら首をかしげる。

「え？　乱暴に引き裂いてほしかったの？　優《ゆう》って、見かけによらず、破廉恥《はれんち》なんだね。でも、僕は好きだよ、そういうのも」

「勝手にしろ！　おまえみたいな恥知らずに、誰がこれ以上つきあっていられるかっ」

そう怒鳴《どな》って身体を起こそうとする優真《ゆうま》を、鷹矢《たかや》は今度はうつぶせに組《く》み敷《し》いた。

「なにを?」

「教えない。勝手にしろと云《い》われたことだしね」

「待て。それは言葉のあやで……」

あわてて訂正《ていせい》しようとするが、鷹矢《たかや》は、取り合う気はまったくないらしく、ネグリジェを優真《ゆうま》の腰の上あたりまで、一気にめくり上げた。

「あっ、やだ。やめろっ」

「なにを?」

しらばっくれて、鷹矢《たかや》は訊《き》き返す。

「おまえがこれからやろうとしていること、全部!」

中途半端《ちゅうとはんぱ》なことを云《い》って、あげあしをとられるといやなので、優真《ゆうま》は叫ぶ。

しかし、鷹矢《たかや》は、なにも聞こえなかったかのように、優真《ゆうま》の下腹に手をまわした。

「ひぁっ」

鷹矢《たかや》の手の中に、大事なものをじかに握りこまれ、優真《ゆうま》はびくんとシーツにしがみつく。

「やめろって云《い》ったのに……」

涙目で肩越《かたご》しににらむと、乱れた前髪を片手でかきあげながら、鷹矢《たかや》が妖艶《ようえん》な流し目で優真《ゆうま》を見下ろした。

「今、なにか云《い》った?」

鷹矢《たかや》はどうやら、自分がやりたいと思ったことは、誰がなんと云《い》おうと、必ずやり遂《と》げるタイプらしい。

「う……」

（勝てない。口でも、身体でも……）

優真《ゆうま》は、枕に抱きついて、顔をうずめる。

そんな優真《ゆうま》にのしかかるようにして、肩を優しく抱きしめながら、鷹矢《たかや》は慰《なぐさ》めるように耳元でささやいた。

「よしよし。いい子にしていたら、すぐに気持ちよくしてあげるからね」

「……いい子じゃなきゃ？」

枕に顔を伏《ふ》せたまま、くぐもった声で訊《き》く優真《ゆうま》に、鷹矢《たかや》は迷うことなく答えた。

「痛くしちゃうかもね」

初めての夜に味わった痛みが腰のあたりに甦《よみがえ》って、優真《ゆうま》は鷹矢《たかや》を押しのけながら、あわててあおむけになった。

「痛いのは、いやだっ」

優真《ゆうま》は両手でおしりをかばいながら、枕元《まくらもと》についた両腕の中に優真《ゆうま》を囲《かこ》いこむように覗《のぞ》きこんでいる鷹矢《たかや》に云《い》った。

「じゃあ、いい子にしてて」

鷹矢《たかや》は、問答無用《もんどうむよう》とばかりに告《つ》げると、腕立《うでた》てふせのように身をかがめて、優真《ゆうま》にそっとキスをする。

そして、ゆっくりと優真《ゆうま》の上に身体を重ねてきた。

「んっ」

二人の欲望がじかにこすり合わされて、優真《ゆうま》は、ぞくりと肩を震わせる。

恥ずかしい行為《こうい》はもうやりたくないと思っているのに、身体は、なぜか鷹矢《たかや》の味方をする。

(これは男の生理現象《せいりげんしょう》で、決して鷹矢《たかや》のことを、好きだとか、そういうわけではない……はず)

とはいえ、ほかの男相手に、こんなふうに反応したことは一度もない。

柔道《じゅうどう》の授業でも、一見《いっけん》いかがわしいポーズの組体操《くみたいそう》でも……。

なのに、鷹矢《たかや》とこうやって身体を重ねるだけで、胸も下腹の奥も熱くてたまらなくなる。

「ん、ふぁっ」

もぐりこんできた鷹矢《たかや》の舌に追いまわされて、逃げるように首を左右に振るだけで、身体中に甘い熱が広がってゆく。

胸を優しく撫《な》でまわされると、股間《こかん》の欲望が、悪戯《いたずら》されているわけでもないのにかたくなって、先端《せんたん》から蜜《みつ》があふれてしまう。

（なぜだ？　俺が鷹矢《たかや》の花嫁《はなよめ》だから？）

妹の身代わりとはいえ、神前《しんぜん》で永遠の愛を誓《ちか》ってしまったせい？

（いや、そんなばかな！）

思わず浮かんだ考えを、優真《ゆうま》はあわてて頭から追い出した。

それよりは、おかしな術でもかけられたというほうが、まだ説得力がある。

朝比奈《あさひな》本家は、古くから続く由緒《ゆいしょ》ある家系《かけい》だけに、花嫁《はなよめ》を花婿《はなむこ》の云《い》いなりにさせる妖《あや》しい薬とか呪法《じゅほう》とかが受け継がれているのかもしれない。

その証拠《しょうこ》に、鷹矢《たかや》が用意したらしいピーチの香りのなにかを股間に塗りつけられただけで、蕾《つぼみ》の奥までが熱く疼《うず》いてしまう。

（なに？　ローション？）

「なんだ、これは？」

「うん？　気持ちいいかなと思って……」

優真《ゆうま》の蕾の入り口に、ぴちゃぴちゃとそれをすりこみながら、鷹矢《たかや》は、興味深そうに尋《たず》ねてくる。

「どう？　ここ、ひくひくする？」

「ばかっ。さわるなっ」

あわてて腰を逃がそうとするが、まにあわずに、とろりとしたローションで濡《ぬ》れた鷹矢《たかや》の指が、優真《ゆうま》の蕾《つぼみ》の中へ忍びこんできた。

「ひぁっ」

初めての夜のような激痛を覚悟《かくご》したが、指だからなのか、裂かれるような感覚はやってこない。

それよりも、甘苦《あまくる》しいような焦燥感《しょうそうかん》が、下半身を支配し始めていた。

「あ、んっ」

じっとしていられなくて、思わず腰を振ってしまっていることに気づき、優真《ゆうま》は、びくんと鷹矢《たかや》の首にしがみつく。

「優《ゆう》の中、すごくいやらしく僕の指をしめつけてるよ」

「うそだっ」

「疑《うたが》り深いんだね、優《ゆう》は。でも、なんでも信じちゃうよりはいいかも。ほかの男にだまされて、こんなことされると大変だから」

指を二本に増やして、内側から左右に押し広げるようにしながら、鷹矢《たかや》はつぶやく。

「誰が、させるか！」

はぁはぁと息を荒げながら優真《ゆうま》が云《い》い返すと、鷹矢《たかや》は吐息《といき》まじりにうなずいた。

「信じてるよ。だけど、まだきみをちゃんと僕のものにしてないから、心配で」

「え？　でも、あのとき」

「初夜《しょや》のこと？　入れる前に気を失ったくせに……。出血《しゅっけつ》のおかげで、周囲はごまかせたけど」

鷹矢《たかや》に打ち明けられて、優真《ゆうま》は愕然《がくぜん》とする。

（入ってなかったのか……）

あんなに痛い目を味わったのに、なんだか損《そん》をした気分だ。

（ということは、最後までやると、あれよりも痛いってことか？）

怯《おび》えたのが伝わったのか、鷹矢《たかや》は空《あ》いた片手で、なだめるように優真《ゆうま》の双丘《そうきゅう》を片手で優しく交互《こうご》に撫《な》でる。

「痛くないから、大丈夫だよ。あのときは僕があせりすぎたんだ。反省してるから、許《ゆる》して。……ね」

鷹矢《たかや》は殊勝《しゅしょう》な声で優真《ゆうま》の機嫌《きげん》をとる。

「絶対いやだ」

断固《だんこ》として拒否《きょひ》する優真《ゆうま》の耳を、ちゅくちゅくと愛撫《あいぶ》しながら、鷹矢《たかや》はささやいた。

「今度は優しくするから。約束するよ」

「おまえの約束なんて、誰が信じるかよ！」

怒って云《い》い返す優真《ゆうま》の肩に顔をうずめて、鷹矢《たかや》は、哀《かな》しそうに吐息《といき》をつく。

同時に、優真《ゆうま》の蕾《つぼみ》の奥を探っていた指を、くちゅりと音を立てて抜いた。

「やっ」

鷹矢《たかや》の指が引き抜かれる感触に、優真《ゆうま》はぞくんと身をすくませる。

「そこまで疑《うたが》われるなんて、残念だな。ちゃんと手順を踏《ふ》めば、痛くなんかないのに」

「結構《けっこう》です！」

未練《みれん》がましく云《い》い訳《わけ》する鷹矢《たかや》に、思わず情《じょう》がわきそうになるが、だめだと自分に云《い》い聞かせて、優真《ゆうま》はそっけなく返答《へんとう》する。

「おまえに、そこまでつきあう義理はない」

優真《ゆうま》は冷ややかに断言《だんげん》すると、身体を起こそうとして、両膝《りょうひざ》を立てた。

「そろそろ急がないとやばい」

せかすように云《い》う優真《ゆうま》に、鷹矢《たかや》はうなずく。

「そうだね。急がないと……」

「え？　あぁっ」

立てて開いた両膝のあいだに、鷹矢《たかや》が強引に腰をすべりこませるのに気づいて、優真《ゆうま》は身をすくませた。

「だましたな！」

乱暴につかまれた双丘《そうきゅう》を、左右に割り開かれる。

「あっ」

ローションにまみれた入り口に、すかさず猛《たけ》った熱い昂《たか》ぶりを押し当ててくる鷹矢《たかや》を、優真《ゆうま》はにらんだ。

「そんな顔しても、だめだよ」

優真《ゆうま》のおしりを抱き寄せて、双丘をてのひらで包みこみながら、鷹矢《たかや》は、身体をすり寄せる。

「あ、やっ」

ローションですべりのよくなった蕾《つぼみ》をぐいぐいと押されて、いつ鷹矢《たかや》のたくましいものが奥まで攻め入ってくるかとびくびくしながらも、感じやすい谷間を切《き》っ先《さき》が行き来するたびに、痛みとは別の感覚に襲《おそ》われて……。

「んっ、あっ、あぁっ」

気がつくと優真《ゆうま》は、鷹矢《たかや》にしがみついて、甘い喘《あえ》ぎを零《こぼ》しながら、自分から腰を振っていた。

「いけない子だな。僕にはだめと云《い》ったくせに、こんなにおねだりして。お仕置きしなきゃね」

恨《うら》めしげに鷹矢《たかや》がささやくのを聞いて、優真《ゆうま》は身をすくめる。

けれども、たくましい先端《せんたん》で無理やり花嫁《はなよめ》の可憐《かれん》な蕾《つぼみ》を引き裂いたりはせずに、鷹矢《たかや》は、優真《ゆうま》の両膝《りょうひざ》をつかんで、おなかのほうへ押しやった。

「なに？　あっ」

押さえつけられて、二人の身体に挟《はさ》まれた優真《ゆうま》の欲望から、たらたらと淫《みだ》らな雫《しずく》が太腿《ふともも》を伝う。

鷹矢《たかや》は、閉じさせた優真《ゆうま》の太腿のあいだに、猛《たけ》った自分のものをすべりこませて、大きく腰を動かした。

「や、あんっ、あぁっ」

太腿のあいだから見え隠れする鷹矢《たかや》の先端を、ふくらみの付け根に何度も突き立てられて、優真《ゆうま》は甘い悲鳴《ひめい》をあげながら、下腹をびしょ濡《ぬ》れにする。

「あっ、やぁっ」

「くっ」

吐精《とせい》の強烈な快感《かいかん》に下肢《かし》を痙攣《けいれん》させる優真《ゆうま》にうながされて、鷹矢《たかや》も、欲望の先端を獰猛《どうもう》に震わせながら弾ける。

「ひっ、あぁ」

薄《うす》いシースルーの布《ぬの》をツンと尖《とが》らせている胸元だけでなく、顔にまでも鷹矢《たかや》の熱い飛沫《しぶき》を浴《あ》びながら、優真《ゆうま》はまたしても意識を失っていた。

Mariage★5

〔花嫁は男子校の帝王★〕

「ん……」

鐘《かね》の音が聞こえた気がして、優真《ゆうま》は目を覚ます。

結婚式の夢を見ていたせいで空耳《そらみみ》でも聞こえたのかと思ったが、それは幼稚園《ようちえん》を併設《へいせつ》している近所の教会の、正午《しょうご》の鐘らしかった。

「正午？」

握りしめたアラームのデジタル表記を再度確認して、優真《ゆうま》は絶句《ぜっく》する。

「あの野郎は？」

ベッドで上半身だけ起こして、鷹矢《たかや》の姿を捜《さが》すが、視界のどこにも、いやみなまでに端整《たんせい》なスタイルのいいお坊《ぼっ》ちゃまの姿は見当たらなかった。

「てか、今日、学校休みじゃないよな？」

連休の日付を一日間違えていないかと、枕元《まくらもと》の自分の携帯をつかみあげて、カレンダーを開くが、残念ながら赤い休日表記は、昨日で終わってしまっている。

「まずい、まずすぎる！」

全生徒の模範《もはん》となるべき生徒会長が、連休明けに寝坊で遅刻など、許《ゆる》されることではない。

「なぜ、こんな……」

腰から下は、まだ布団《ふとん》の中にもぐりこませたまま、優真《ゆうま》は、両手で頭をかかえこんだ。

途端《とたん》、ハッと顔を上げる。

今朝《けさ》の一部始終《いちぶしじゅう》が、走馬灯《そうまとう》のように脳裏に甦《よみがえ》ったせいだ。

その後最初にしたのは、自分がなにを着ているかを確認することだった。

「なにも着ていない……」

こっそり布団をめくっても、答は同じだ。

シースルーのネグリジェじゃなかったことは素直に天に感謝したが、下半身まで素《す》っ裸《ぱだか》では、諸手《もろて》をあげて喜ぶ気には、とてもなれなかった。

「もしかして、今朝、あいつにやられたまま、服だけ剥《は》ぎ取られて放置《ほうち》されたのか？」

最悪な気分になりながら、片手でシーツを探る。

もちろん、情事《じょうじ》の跡《あと》など見たくはないので、顔はそむけたまま……。

けれども、シーツが洗い立てのような手触りなのを確認して、優真《ゆうま》はもう一度布団をめくると、いやらしいシミなどの痕跡《こんせき》が残されていないか、目を皿のようにして覗《のぞ》きこんだ。

だが、シーツの表面が、手触りだけではなく、見た目もヴァージンのように綺麗《きれい》なのを知って、ホッとした気分になる。

エロいあれこれで濡《ぬ》れたシーツに、一人だけ取り残されるなんて、想像するだに屈辱《くつじょく》的《てき》だからだ。

とはいっても、一人じゃなければいいというわけでもないが。

シーツが綺麗《きれい》なのに心が癒《いや》された優真《ゆうま》は、勇気を出して、自分の顔を触ってみた。

意識を飛ばす寸前の記憶が、顔にたっぷりと浴びた鷹矢《たかや》の濃厚《のうこう》な擬似《ぎじ》ミルクだったからだ。

けれども、ありがたいことに、指に触れる自分の顔は、普段どおりのすべすべつやつやだった。

鷹矢《たかや》のものが、ほかの場所にも飛び散ったことを思い出して、今度は胸元のピンク色の突起《とっき》に、両手でそれぞれ触れてみる。

「あっ」

思わず甘い声が唇から洩《も》れて、優真《ゆうま》はびくんとのけぞった。

ほんのちょっと触れただけでも、そこがお風呂あがりのように綺麗なのは自分でもわかるのに、なぜか柔らかな突起から指が離せない。

「んっ。ふっ」

鷹矢《たかや》にされたように、ひとさし指と中指のあいだに挟《はさ》んできゅっとひっぱると、今までふにゃふにゃだったそこが、ツンと棘《とげ》のようにかたくなった。

「あ、やっ」

両手を交差《こうさ》させて、夢中で揉《も》みしだくと、下腹の欲望が痛いほどに興奮《こうふん》する。

優真《ゆうま》は片手で胸を愛撫《あいぶ》しながら、もう片方の手をそっと下肢《かし》の付け根にすべりこませた。

「くっ」

鷹矢《たかや》のものに比《くら》べるとだいぶ華奢《きゃしゃ》な感じのする自分のものに指をからませ、きちゅっとしごきあげる。

そこも綺麗だということは、おそらく優真《ゆうま》が意識をなくしているあいだに、鷹矢《たかや》がバスルームで洗ってくれたのだろう。

見た目は細身なのに、スポーツも万能だけあって、鷹矢《たかや》の美しい身体には、筋肉《きんにく》もバランスよくついている。

なので、贅肉《ぜいにく》もないが筋肉もない優真《ゆうま》の一人や二人移動させるのくらい、それこそ朝飯《あさめし》前《まえ》なのである。

白濁液《はくだくえき》にまみれたシースルーのネグリジェ姿の自分を軽々と姫抱《ひめだ》っこして、バスルームへ運んでゆく鷹矢《たかや》の姿が目に浮かぶ。

忌《い》まわしい想像に、熱くなりかけた身体が一気に冷める……はずが。

「そんなっ！　なぜ……」

股間《こかん》の欲望が、手の中で、さらに元気に頭をもたげるのを見て、優真《ゆうま》は言葉を詰《つ》まらせた。

露《つゆ》を結《むす》んだばかりの先端《せんたん》の蜜《みつ》に気づいて、優真《ゆうま》は思わず、近くに脱ぎ捨てられていた鷹《たか》矢《や》の寝《ね》まきでそこを隠す。

白い絹《きぬ》で押さえこむように、恥ずかしい昂《たか》ぶりを覆《おお》って目を閉じると、脳裏にぼわんと鷹矢《たかや》の顔が浮かび上がった。

「あっ」

想像の中の鷹矢《たかや》は、長い睫毛《まつげ》を伏《ふ》せると、優真《ゆうま》の股間《こかん》のそれを指で握って、おいしそうに舌で舐《な》め上げ始める。

「いやっ、はぁっ、あぁっ」

鷹矢《たかや》の寝《ね》まきで覆《おお》ったまま、それを夢中でしごきあげ、おしよせる快感《かいかん》に身をまかせる。

「ひぁあっ」

優真《ゆうま》は、欲望を鷹矢《たかや》のシルクの寝まきに叩《たた》きつけると、大きく身をのけぞらせて、そのままシーツの上に、背中から倒れこんだ。

「はぁっ。あぁっ」

必死に呼吸を沈めながら、優真はびくりと手元を見た。

「あっ、鷹矢《たかや》の……。洗濯《せんたく》しておかないと、まずいよな」

証拠隠滅《しょうこいんめつ》してしまおうかという誘惑《ゆうわく》に駆《か》られたが、わざわざお仕置きの材料を提供《ていきょう》するのも悔《くや》しいので、仕方なく諦《あきら》める。

（それにしても、一人エッチって、こんなに気持ちよかったか？）

むろん優真《ゆうま》にしても、健全《けんぜん》な男子高校生。

ほとばしる性衝動《せいしょうどう》を一人でなだめた経験くらいは、これまでにもある。だが、同年代の平均に比《くら》べれば、わりと少なめな上に、行為《こうい》自体をじっくり楽しむなんて真似《まね》は皆無《かいむ》だった。

これまでは、そういうことをしようとすると、自分そっくりな妹の顔が浮かびそうで、二重に罪悪感《ざいあくかん》を感じてしまい、適当にさっさとすませるのが常《つね》だったから。

なのに、今のは、時間はいつものように短かったが、いつになく深い快感を味わえた気がする。

普段は、出してしまえばそれでおしまいなのに、今は、快感の余韻《よいん》がとっぷりと身体を覆《おお》っていて、内腿《うちもも》のあたりがまだひくひくと震えているほどだ。

（いつもこうなら、やみつきになりそうだ）

それではまずいと思い直して、優真《ゆうま》は、股間《こかん》を鷹矢《たかや》の寝まきで覆《おお》いながら、ベッドからすべり下《お》りた。

バスルームで、鷹矢《たかや》の寝まきを軽く水洗いして、ほかの洗濯物と一緒に乾燥《かんそう》まで全自動の洗濯機に投げこみ、スイッチを入れる。

鼻歌まじりにシャワーを浴《あ》びている途中で、優真《ゆうま》は、股間を舐める鷹矢《たかや》の綺麗な顔と舌の動きをネタに一人エッチをしてしまったことに、はたと気づき、そのましゃがみこんでしまった。

（俺の大ばか野郎っ）

シャワーのお湯が容赦《ようしゃ》なく頭上から降《ふ》り注《そそ》ぐが、立ち上がる気力もなく、床《ゆか》の黒い大理《だいり》石《せき》に四《よ》つん這《ば》いになる。

（こんなことじゃ、だめだ……。このままでは、着々《ちゃくちゃく》と鷹矢《たかや》の花嫁《はなよめ》として、あいつ好みに躾《しつ》けられてしまう）

現《げん》に、抵抗する気満々《まんまん》なのに、気がつけばいつも、鷹矢《たかや》へのご奉仕《ほうし》に明け暮れてしまっている。

自分のほうが奉仕してやっていると、鷹矢《たかや》が思っているのは間違いなさそうだが。

「どうにかしないと！」

優真《ゆうま》は、びしょ濡《ぬ》れの顔を片腕でぬぐいながら、もう片方の手を壁に沿《そ》わせながら、よろよろと立ち上がった。

「このままでは、黒凰館《こくおうかん》の帝王《ていおう》の名が泣く……」

せめてもの救いは、鷹矢《たかや》とは別の高校に通っているということだ。

（とにかく、一刻《いっこく》も早く鷹矢《たかや》に、新婚《しんこん》さんごっこを飽《あ》きさせないと。……おそらく鷹矢《たかや》は、以前から優華《ゆうか》に惚《ほ》れていて、結婚を拒否《きょひ》されたはらいせに、身代わりの俺で遊んでいるに違いない）

鷹矢《たかや》だって将来のある身なのだ。

(認めたくはないが、いい男なのは、確かだし)

高校を卒業して大学にでも入れば、聡明《そうめい》で美人の花嫁候補《はなよめこうほ》が、入れ食い状態で寄ってくるに違いない。

その中から鷹矢《たかや》が真の花嫁を見つけたときには、ひいお爺様《じいさま》に一緒に謝《あやま》って、偽《にせ》の結婚は解消《かいしょう》してもらおう。

(でないと、籍《せき》は入《い》れていないとはいえ、優華《ゆうか》も嫁《よめ》に行けないしな。いや、それはいいか。優華《ゆうか》は一生誰《いっしょうだれ》にも嫁にはやらん)

優真《ゆうま》は、妹の将来に関しては、光の速さで自己完結すると、甘い香りのするシャンプーとバスソープで、手早く頭から爪《つめ》の先まで綺麗《きれい》に洗って、バスルームを出た。

素肌《すはだ》にふわふわのバスローブを羽織《はお》って、水分を補給《ほきゅう》しようと、キッチンにやってきた優真《ゆうま》は、冷蔵庫を開けてミネラルウォーターのペットボトルを取り出した瞬間、ハッと背後を振り向いた。

「なんだ、気のせいか」

一応《いちおう》、外面《そとづら》は完璧な鷹矢《たかや》のことだ。

優真《ゆうま》を見捨てて、自分は遅刻もせずに登校しているはずだ。

当然ながら、そこにも鷹矢《たかや》の姿はなかったが、違和感《いわかん》を感じた原因《げんいん》はすぐにわかった。

「これか……」

キッチンとは続き間《ま》になっているダイニングには、背もたれの高い黒と白の椅子《いす》があったが、鷹矢《たかや》がいつも座っている白いほうの椅子《いす》の背もたれに、優真《ゆうま》の黒いエプロンが無造《むぞう》作《さ》に掛けられていたせいだ。

もちろん、優真《ゆうま》が放り投げるようにして掛けている普段に比《くら》べれば、整然《せいぜん》としているといってもいいほど優雅《ゆうが》な、無造作っぷりではあったが。

「鷹矢《たかや》が使ったのか？」

（お坊《ぼっ》ちゃまがいったいなにを？）

首をかしげた優真《ゆうま》の目に、ラップをかけたお皿《さら》が目に入る。

勾玉《まがたま》を二つ逆さに嵌《は》め合わせたような陰陽印《おんみょういん》を描く黒と白のテーブルの上に、それは元からあったはずなのに、優真《ゆうま》の目には、まるで今姿をあらわしたかのように見えた。

「なんだ？」

『僕の手作りおにぎり、起きたら食べるといいよ』

グレーのメモに黒の万年筆《まんねんひつ》でそう走り書きされている。

この時代に、万年筆なんて古風《こふう》な筆記用具《ひっきようぐ》を携帯しているのは、鷹矢《たかや》お坊ちゃまくらいのものだ。

それを証拠《しょうこ》として採用《さいよう》しなくても、優真《ゆうま》のほかに、ここのキッチンにメモを残せるのは、唯一《ゆいいつ》の同居人《どうきょにん》である鷹矢《たかや》しかいなかったけれど。

「へぇ。家では、箸《はし》と嫁《よめ》の上げ下ろしくらいしかしないと思ったのに、あいつ、料理もできるのか？」

ラップを開いて、昆布《こんぶ》と梅《うめ》おかかのおにぎりを片手でつかみあげながら、持っていた水のボトルをテーブルに置いて、メモをめくった優真《ゆうま》は、かぶりついたおにぎりを喉《のど》に詰《つ》めそうになった。

というのも、ツンデレっぽいおにぎりメモの下に、もう一枚手書きのメッセージが残されていたからだ。

『ごめん、朝から無理をさせて。きみが可愛すぎるから、我慢《がまん》できなかったんだ。ぐっすり眠ってるから、起こさずに行きます。僕をきらいにならないで。……鷹矢《たかや》』

「あ、あいつ、なにを考えてるんだ？」

いや、決して答が知りたいわけではないが……。

優真《ゆうま》は真っ赤になりながら、恥ずかしいメッセージを横目で見遣《みや》った。

「別に、暗号文《あんごうぶん》というわけではないよな？」

優真《ゆうま》は、指先で二枚目のメモをつまみ上げ、もう一度几帳面《きちょうめん》そうな文字を目で追う。

頭の中で、どうしても秘密の指令文《しれいぶん》かなにかにしたがっている自分がいるが、鷹矢《たかや》の言動を鑑《かんが》みるに、これはただの書き置き以外の何物でもありえなかった。

それも、ベタベタな新婚《しんこん》さんの。

「百年早いっ。若輩者《じゃくはいもの》のくせに」

誰に照れ隠しをする必要もないのに、優真《ゆうま》はメモをテーブルに一度叩《たた》きつけたあとに、ふたたびそれをつかみあげて、バスローブのポケットに押しこんだ。

自室に戻ると、優真《ゆうま》は鷹矢《たかや》のメモを、本棚《ほんだな》の百科事典《ひやっかじてん》の『た』の項目《こうもく》をつかみ出して、適当に開いたページに挟《はさ》みこむ。

閉じる瞬間に、『たぬき』の写真が目に入り、優真《ゆうま》はため息をついた。

(どうせなら、『鷹《たか》』のページに挟めばよかった)

だが、わざわざやり直すのも面倒で、閉じた事典をそのまま元の位置に押しこんだ。

手早く制服に着替えて、右手首にはめた腕時計を覗《のぞ》きこむ。

「五限《ごげん》は体育か。どうせ見学だから、少し遅れても大丈夫だな。一応《いちおう》体操服に着替えたら、先に保健室に寄って、熱があるふりしよう」

優真《ゆうま》は一人うなずくと、鍵《かぎ》を閉めて部屋を出た。

優真《ゆうま》の通う黒凰館学園《こくおうかんがくえん》までは、これまでは電車と徒歩《とほ》で三十分以上かかっていたのだが、新居《しんきょ》からは、徒歩で十分程度。

走れば、五分とかからないかもしれないが、当然ながら優真《ゆうま》は走ったりはしない。

学園の帝王《ていおう》ともあろう者が、余裕《よゆう》のない姿を周囲にさらすわけにはいかないからだ。

「通学はかなり楽になったな」

それなのに、新居からの通学一日目から、大幅な遅刻とは。

(あいつが朝っぱらから、あんなことさえしなければ)

しかし、過ぎたことを悔《く》やんでも仕方がない。

明日からは用心して、うっかり誘いにのらなければいいだけのことだ。

できることなら、ベッドも別々にしてもらいたいのだが。

(それぞれ私室《ししつ》があるんだから、そこにベッドを入れればいいのに)

『夫婦は一緒に寝起きしてこそ、情《じょう》が深まる』

それがひい爺様《じいさま》のポリシーらしいが。

「現役高校生に、新婚生活をしろってほうが無理なんだよっ」

憤《いきどお》るあまり、思わず口に出してしまった瞬間、優真《ゆうま》は自分が保健室で熱を測《はか》っている最中なのを思い出した。

「新婚って?」

優真《ゆうま》を中等部の頃から可愛がってくれている養護《ようご》教諭《きょうゆ》の灰谷弓彦《かいやゆみひこ》が、縁《ふち》なしの眼鏡《めがね》の中央を指で軽く押し上げながら、身を屈《かが》めて覗《のぞ》きこんでくる。

灰谷《かいや》は二十代後半で、やや神経質《しんけいしつ》そうではあるが、なかなかの色男だ。

「いえ、ちょっと親戚《しんせき》が……」

あいまいにごまかして、ついでに体温計の数字もごまかそうとしたが、その前に灰谷《かいや》に横から取りあげられてしまった。

（しまった！）

普段が低体温《ていたいおん》だけに、自己申告《じこしんこく》でだいぶサバを読まなければ、体育の見学許可は下りそうにない。

（今日はサッカーか……。この季節に走りまわらせるとか、ありえない。体育教師はドSか）

たらたらと走るふりどころか、フィールドにぼんやり立っているだけでも日射病《にっしゃびょう》になりそうなのに。

想像しただけで、いやな汗が背筋を伝うの感じながら、優真《ゆうま》は肩を落とした。

「熱が高いな。風邪《かぜ》でもひいたか？　今日の体育は涼しい場所で見学するように」

「え？」

びっくりして、優真《ゆうま》は、灰谷《かいや》がリセットしようとしている体温計を奪う。

「うそ。三十七度五分？」

いつも三十五度六分の優真《ゆうま》にとっては、頭が沸騰《ふっとう》するレベルだ。

「こんなに高いとは……」

呆気《あっけ》にとられている優真《ゆうま》を、灰谷《かいや》は不思議そうに見つめる。

「熱っぽいから、ここに来たんじゃなかったのか？」

「あ、いや、その……」

返答《へんとう》に困っていると、灰谷《かいや》が椅子《いす》ごとズイッと身体を進めてくる。

体操服の短パン姿の優真《ゆうま》は、ナマの両膝《りょうひざ》のあいだに灰谷《かいや》の片足がもぐりこむのを見て、本能的に腰を逃がした。

けれども、灰谷《かいや》は、優真《ゆうま》をベッドのほうに追いつめるように、キャスター付きの回転椅子《かいてんいす》を動かす。

「もしかして、私と二人になりたかったのかな？」

「はい。えぇ、まぁ」

適当にごまかそうとして、優真《ゆうま》はとっさに相槌《あいづち》を打つが、それは間違った選択だったとすぐに気づくことになった。

「そうか。私になついてくれているのはわかっていたが、まさかきみもそんな気持ちでいてくれたなんて」

「は？」

冷や汗が、またしても、たらりと背筋を這《は》う。

「朝比奈《あさひな》……。今日は一段と色っぽいな。熱があるのは、私のせいなのか？」

灰谷《かいや》の手が優真《ゆうま》の体操服の襟《えり》のボタンを外して、喉元《のどもと》をあらわにさせた。

「うん？　なんだ、喉のこの赤い痕《あと》は？」

優真《ゆうま》の顎《あご》をつかんで、上向かせると、灰谷《かいや》は眉《まゆ》をひそめて問いただした。

「え？　痕？」

なんのことなのだろう？

そんなところに傷跡なんて、まったくおぼえがない。

優真《ゆうま》が首をかしげたそのとき、保健室のスライド式のドアが突然勢いよく開いた。

「キスマークじゃないですか？」

体操服姿の背の高い男が、座っている灰谷《かいや》の頭上から、優真《ゆうま》の喉元を覗《のぞ》きこみながら云《い》う。

「なんだ、きみは？　ノックもせずにいきなり入ってきて！　今は授業中だろう？」

相当心臓《そうとうしんぞう》に悪かったらしく、灰谷《かいや》が、いつになく荒々しい声をあげる。

だが、侵入者《しんにゅうしゃ》の顔を見上げた優真《ゆうま》は、灰谷《かいや》の何万倍も驚いていた。

それこそ、一瞬心臓がとまるくらいに。

「鷹矢《たかや》、どうしておまえがここに？」

優真《ゆうま》の問いには答えず、鷹矢《たかや》は、背後に立っている、やはり長身の生徒の襟首《えりくび》をつかんで、保健室の中にひきずりこむ。

「怪我人《けがにん》、搬送《はんそう》してきました」

鷹矢《たかや》は云《い》うと、優真《ゆうま》と灰谷《かいや》のあいだにわりこんで、膝《ひざ》から血を流している和泉春樹《いずみはるき》を、前に押し出した。

「あれ？　陛下《へいか》、姿見ないと思ったら、こんなとこにいたんですか？」

「あぁ。まぁな」

優真《ゆうま》は、あいまいにうなずく。

春樹《はるき》は、学園の帝王《ていおう》である優真直属《ゆうまちょくぞく》の『右大臣《うだいじん》』と呼ばれる側近《そっきん》の一人だ。

金髪だし、片耳にルビーのピアスはしているし、相当遊んでいるっぽいチャラ男系《おけい》だが、優真《ゆうま》と同じ三年のトップクラスに入れる程度の成績は保持《ほじ》している。

けれども、優真《ゆうま》やもう一人の側近である『左大臣《さだいじん》』の氷川冬一郎《ひかわとういちろう》には、成績のレベルでは、はるかに及ばない。

側近とはいっても、実際には、用心棒《ようじんぼう》のようなものだった。

「それより、どうしたんだ、その傷……」

優真《ゆうま》が眉根《まゆね》を寄せながら覗きこむと、春樹《はるき》は照れたように、鷹矢《たかや》を顎で示して云《い》った。

「転校生とやり合っちゃって」

「転校生？　やり合うって？」

瞳を見開く優真《ゆうま》に、春樹《はるき》は説明する。

「サッカーの授業でってことですよ」

責《せ》めるように云《い》う鷹矢《たかや》に、春樹《はるき》は、首をすくめてみせる。

「サッカーというには、たいしたラフプレイだったけど」

「あんただって、俺以上に容赦《ようしゃ》なかったくせに……」

ぶつぶつ云《い》う春樹《はるき》を、鷹矢《たかや》は冷ややかに瞳を細めてにらんだ。

「喧嘩《けんか》を売るなら、相手は選んだほうがいい」

鷹矢《たかや》は優真《ゆうま》の腕をつかんで無理やり立ち上がらせると、代わりに春樹《はるき》をそこに座らせる。

「先生、よろしくお願いします」

「あ、あぁ……」

鷹矢《たかや》にうながされ、仕事が優先《ゆうせん》なので仕方なく、灰谷《かいや》は春樹《はるき》の傷の具合を調べ始める。

その隙《すき》に、鷹矢《たかや》は優真《ゆうま》の上腕《じょうわん》をつかみあげて、ドアのほうへ、ぐいとひっぱった。

「優真《ゆうま》、行こう」

「あっ」

優真《ゆうま》を連《つ》れて保健室から立ち去ろうとする鷹矢《たかや》を、春樹《はるき》と灰谷《かいや》が同時に呼びとめる。

「おい、陛下《へいか》をどこへ？」

「ちょっと待ちたまえ！　朝比奈《あさひな》はまだ診察中《しんさつちゅう》で……」

「優真《ゆうま》の面倒は、僕が責任をもって、みますから」

二人が知り合いなのを隠す気がないばかりか、むしろ見せつけるみたいに優真《ゆうま》を抱き寄せて、鷹矢《たかや》は宣言《せんげん》する。

「優真《ゆうま》は僕の花……うっ」

「な、なんでもないんですっ。こいつ、俺の又従兄弟《またいとこ》で」

優真《ゆうま》は背伸びして、鷹矢《たかや》の口をてのひらで塞《ふさ》ぎながら、笑ってごまかす。

「それでは、先生、また来ます」

優真《ゆうま》が鷹矢《たかや》を廊下《ろうか》に引きずり出すと、ドアは横すべりに勝手に閉じた。

「はぁっ、はぁっ」

廊下《ろうか》に出て鷹矢《たかや》の口元からてのひらを離《はな》すと、優真《ゆうま》は膝頭《ひざがしら》の少し上に両手をついて、自分が口を塞《ふさ》がれていたみたいに、肩で荒い呼吸をする。

ようやく呼吸を整《ととの》えた優真《ゆうま》は、膝に手をついたまま顔をあげ、黒凰館《こくおうかん》の体操服姿で目の前にたたずんでいる鷹矢《たかや》を、責《せ》めるようににらんだ。

「どういうことだよ？　うちに転校って！　本気じゃないんだろう？」

一気にまくしたてる優真《ゆうま》を見下ろし、鷹矢《たかや》は戸惑《とまど》うように、長い睫毛《まつげ》をぱちぱちさせる。

「本気だけど？」

「はぁぁ？」

思いっきり非難《ひなん》の声をあげる優真《ゆうま》に、鷹矢《たかや》は小首をかしげた。

「なにか問題でも？」

怪訝《けげん》な面持《おもも》ちで訊《き》き返した鷹矢《たかや》は、急に瞳をすがめる。

「まさか、僕に知られたくないことでもあるんじゃ？」

「そうじゃないっ！」

つい声が大きくなってしまい、ハッと保健室のドアを窺《うかが》うと、優真《ゆうま》は鷹矢《たかや》の手を引いて、廊下を奥のほうへと進んでいった。

「僕をどこにつれていく気？」

「いいから。ここでは、俺が法律《ほうりつ》だ！　黙《だま》ってついてこいっ」

優真《ゆうま》は声をひそめて怒鳴《どな》ると、ひと気のない北側の渡《わた》り廊下《ろうか》を選んで、鷹矢《たかや》を別棟《べつむね》へとひっぱってゆく。

「優《ゆう》って、学校ではこんなふうなんだ？」

手を引かれている立場のくせに、足が長いせいか、ほとんど優真《ゆうま》を追い越しそうになりながら、感慨深《かんがいぶか》げに鷹矢《たかや》がつぶやいた。

「こんなふうって？」

思わず立ちどまって、優真《ゆうま》は訊《き》き返す。

「女王様《じょおうさま》……」

クスッと笑ってつぶやく鷹矢《たかや》を、優真《ゆうま》はムッとした顔でにらむと、その先の生徒会室にひっぱりこみ、中からドアに鍵《かぎ》をかける。

奥の執務机《しつむづくえ》に向かった優真《ゆうま》は、窓を背にした大きな肘掛《ひじか》け椅子《いす》にドカッと腰をおろして、居丈高《いたけだか》に足を組んだ。

「……違う。帝王《ていおう》だ」

優真《ゆうま》は顎《あご》をそらすと、持ちうる限りの傲慢《ごうまん》さを総動員して、冷ややかに鷹矢《たかや》を見据《みす》える。

「そういうわけだから、おまえも学校では、充分心《じゅうぶんこころ》しておくように……」

偉《えら》そうな口調《くちょう》で宣告《せんこく》しながら、優真《ゆうま》は鷹矢《たかや》の反応を窺《うかが》った。

鷹矢《たかや》のことだから、わざとらしい賛辞《さんじ》でからかうか、なにもなかったかのように軽く受け流すだろうと思っていたのに……。

「御意《ぎょい》！」

芝居《しばい》がかったしぐさで優雅《ゆうが》にひざまずく鷹矢《たかや》を見て、優真《ゆうま》はぎょっとしたように椅子《いす》から身を乗り出した。

「……なにをしている？」

「うん？　帝王《ていおう》のナイトに立候補《りっこうほ》しようと思って」

「まにあってる」

鷹矢《たかや》の申し出を、優真《ゆうま》は迷わず拒否《きょひ》して、優真《ゆうま》は付け加えた。

「さっきおまえが保健室にひっぱってきたあいつが、その一人だ」

けれども、返事が耳に入らなかったのか、鷹矢《たかや》はひざまずいたまま、立てた片膝《かたひざ》に腕を乗せて、思案《しあん》げに優真《ゆうま》を見上げている。

「鷹矢《たかや》？」

声をかけると、鷹矢《たかや》は、どこか不機嫌《ふきげん》な口調《くちょう》で質問した。

「あいつは、優真《ゆうま》のなに？」

「ん？　あいつ？」

あぁ……と優真《ゆうま》はうなずく。

「春樹《はるき》のことか？　奴なら、俺の側近《そっきん》だ。あいつのほかに、側近はもう一人いるが」

優真《ゆうま》が答えると、鷹矢《たかや》は、いきなり立ち上がって、ドアに向かった。

「おい、どうした？」

「じゃあ、僕がきみのナイトになるには、そいつらを潰《つぶ》してくればいいんだね」

肩越《かたご》しに振り向く鷹矢《たかや》の顔が本気なのを見て、優真《ゆうま》は思わず椅子《いす》から立ち上がる。

「やめろ！　俺が側近にしているような奴だぞ」

「だから？」

問題ないとでも云《い》いたげに、鷹矢《たかや》はドアノブを握った。

「頼むから、やめてくれって。おまえが奴らに喧嘩《けんか》を売ったら、変に思われるだろうが」

「でも、僕はいつも優《ゆう》のそばにいるために、転校してきたのに……」

鷹矢《たかや》は、切《せつ》なげに吐息《といき》をついて、優真《ゆうま》を流し見た。

「側近かなにかは知らないけど、そいつらに邪魔されたら、僕はなにをするかわからないよ」

「なに云《い》ってるんだ？　学校内にいるときくらい、無関係なふりができないのか？　家であんなに好き勝手やってるくせに……」

最後のほうは、ぼそりとすねるみたいな口調になる。

すると鷹矢《たかや》もわかってくれたのか、カツカツと大股《おおまた》で、優真《ゆうま》の前に戻ってきた。

「優《ゆう》……」

鷹矢《たかや》は、優真《ゆうま》の肩を横から抱きしめると、甘えるように耳元でささやきかけた。

「足《た》りないんだ。一日中《いちにちじゅう》一緒じゃなきゃ」

「……本気か？」

呆《あき》れて訊《き》き返す優真《ゆうま》に、鷹矢《たかや》はきっぱりとうなずいた。

「それと、僕の花嫁《はなよめ》の貞操《ていそう》を狙《ねら》ってる悪党《あくとう》がいたら、成敗《せいばい》してやらないといけないから」

「鷹矢《たかや》……」

愛し合って結婚した男女ならば、ここは感動のシーンなのかもしれないが、優真《ゆうま》にとっては、頭痛の種が増えただけの瞬間だ。

「いや。本当に、成敗なんてしなくていいから。っていうか、いないって。俺の貞操狙ってる奴なんか」

「保健室の先生は？」

いきなり訊《き》かれて、優真《ゆうま》はびくりと顔をこわばらせる。

灰谷《かいや》が自分に気があるらしいことは、以前から知っていて、利用していたところもあるが、今日みたいに積極的な迫られ方をしたのは、初めてだった。

もちろん、襲われかけたら、自分で突き飛ばして逃げるくらいのことはできる自信があるが。

（そういえば……。灰谷《かいや》の奴、俺が色っぽくなったとかなんとか云《い》ってたな）

「あっ！」

灰谷《かいや》に、喉元《のどもと》に赤い痕《あと》があると云《い》われたことを思い出し、優真《ゆうま》は机の引き出しから鏡《かがみ》を取り出す。

「これって」

「だから、キスマークだって」

四角い手鏡で角度を変えながら、桜《さくら》の花びらが散ったような鬱血《うっけつ》の痕を、覗《のぞ》きこんでいる優真《ゆうま》の耳元で、鷹矢《たかや》が断言《だんげん》した。

「なぜ、わかる？」

「だって、僕がつけた痕だし」

「なに？　いつのまに！」

優真《ゆうま》が叫ぶと、鷹矢《たかや》は呆《あき》れ顔で、首を軽くすくめた。

「あんなに隙《すき》だらけなら、いつだって、このくらいつけられるよ」

「いや、無理」

答える優真《ゆうま》の耳元で、鷹矢《たかや》は、苦笑《くしょう》を洩《も》らした。

「イクたびに、失神《しっしん》しちゃうなんて、珍《めずら》しいよね？」

「なっ？」

鷹矢《たかや》の言葉に、優真《ゆうま》の頭の中は、また沸騰状態《ふっとうじょうたい》になる。

「誰のせいで！」

「そりゃあ、優真《ゆうま》が感じやすいせい……」

微笑《ほほえ》みながら甘い声音《こわね》で耳打ちする鷹矢《たかや》に、優真《ゆうま》は反論《はんろん》した。

「違っ！　一人でやったって、意識が途切れたりしないっ」

「じゃあ、僕にされるのが、気持ちよすぎるってことだね？　きっと相性《あいしょう》がいいんだよ、僕たち」

納得《なっとく》とばかりに、鷹矢《たかや》はうなずいている。

「だって、僕も相手がきみじゃなきゃ、あんなふうに、けじめなくやっちゃうなんてこと、ないから」

「ちょっと待て！　ってことは、ほかの奴とも……」

聞き捨てならずに、優真《ゆうま》はとっさに鷹矢《たかや》を問い詰《つ》めようとして、ハッと口を噤《つぐ》んだ。

「別に、おまえにほかに恋人がいようと、俺には関係ない」

そう云《い》って顔をそむける優真《ゆうま》の頬《ほお》を両手ではさんで、鷹矢《たかや》が覗きこんでくる。

「妬《や》いてくれたの？」

「誰がっ」

甘く瞳を潤《うる》ませる鷹矢《たかや》から、もう一度ぷいと視線を反《そ》らして、優真《ゆうま》は短く云《い》い返した。

なのに、鷹矢《たかや》は上機嫌《じょうきげん》でささやく。

「嬉しいよ。きみに、妬《や》いてもらえて」

「知るか！　そんなことより、浮気《うわき》なんかして、優華《ゆうか》に恥をかかせるなよ！」

そっぽを向いたままで優真《ゆうま》が云《い》うと、答える鷹矢《たかや》の声がふいに不機嫌《ふきげん》になる。

「……わかってるよ」

「それより、いいのか？」

「なに？」

怒っているのか、にこりともせずに、鷹矢《たかや》が視線を上げる。

「受験前の大事なときに、天下のT大付属《だいふぞく》から、よそへ転校するなんて、勿体《もったい》ないだろ、普通に」

「別に……。大学なら、推薦《すいせん》じゃなくても受かる自信あるし」

鷹矢《たかや》は窓の外に目をやりながら、興味なさげに、つぶやく。

「あっ、そう。じゃあ、好きにしろよ」

突き放すように優真《ゆうま》は云《い》うと、捨てられそうになった仔犬《こいぬ》のような目をする鷹矢《たかや》を横目で盗み見た。

けれどすぐに、鷹矢《たかや》の綺麗《きれい》な顔にいつもの笑みが戻るのを見て、優真《ゆうま》はホッとする。

そう。たとえそれが、自分自身を危険に陥《おとしい》れる怖《おそ》れのある、どんなにいかがわしい笑みでも。

「学生時代って、大事だと思うんだ。特に、高校生活は」

鷹矢《たかや》の猫撫《ねこな》で声《ごえ》が、近づいてくる。

「いや、おまえの高校生活に対する考え方は、間違ってるような気がする」

豪華《ごうか》な椅子《いす》の背もたれに追いつめられて、優真《ゆうま》は、上から覗《のぞ》きこんでいる鷹矢《たかや》を警戒《けいかい》するように見上げた。

「間違ってないよ」

鷹矢《たかや》は自信ありげにささやくと、優真《ゆうま》の口元に、形のいい唇を斜めに重ねてくる。

「勉強なんて、いつでもどこでもできるけど、学校エッチは、学校でしかできない」

「はぁ？」

「一生残る甘酸《あまず》っぱい思い出になるんだから、毎日を後悔《こうかい》しないように、大切に過ごさないとね」

「ふざけるなっ。俺は黒歴史《くろれきし》なんて、残したくないっ」

そう云《い》い返して、優真《ゆうま》は、すぐ目の前に迫っている鷹矢《たかや》の胸元を、両手で押し返そうとする。

けれども、優真《ゆうま》の体操服の裾《すそ》を強引にめくってもぐりこんできた鷹矢《たかや》の指に、胸の突起《とっき》を指で優しくつつかれると、痺《しび》れるような甘い快感に、不覚《ふかく》にも喘《あえ》ぎが洩《も》れた。

「んぁっ」

「いい声だな。優《ゆう》は、抱くたびに、可愛さに磨《みが》きがかかるね」

吐息《といき》まじりの掠《かす》れた声でそんなふうにささやかれると、優真《ゆうま》の身体はすぐに反応してしまう。

短パンの中央のふくらみに鷹矢《たかや》の視線が突き刺さるのを感じて、優真《ゆうま》の膝《ひざ》は、小さく震《ふる》えた。

「体操服を汚したくなかったら、下を全部脱いで」

「冗談《じょうだん》っ」

抵抗しようとするが、かたくはりつめている股間《こかん》をてのひらでゆるやかに撫《な》でられると、じれったくて、瞳が潤《うる》んでくる。

「あ……」

下着の中にも蜜《みつ》がじわりとにじむのを感じて、優真《ゆうま》は唇を咬《か》み、愛用の椅子《いす》の上で、下半身から布を抜き取った。

「やっ」

昼下がりのまばゆい光の中では、あまりにも恥ずかしすぎる恰好《かっこう》だ。

夜《よる》なら恥《は》ずかしくないというわけでもないけれど。

「僕の下着もおろして」

「え？」

鷹矢《たかや》に命令されて、優真《ゆうま》はびくりと身をすくませる。

「してくれないのなら、ドアの鍵《かぎ》、開けちゃうよ」

鷹矢《たかや》は天然《てんねん》なので、脅《おど》しだけではなしに、実際にやりそうで怖い。

「わかったよ。やればいいんだろうっ」

鷹矢《たかや》の短パンと下着を、両手で少しだけずりおろした途端《とたん》、後頭部《こうとうぶ》をつかまれ、飛び出してきたたくましいものを、唇に押しつけられた。

「く、むぅっ」

強引に唇の中に侵入《しんにゅう》してこようとするそれを、必死に舌で押し戻そうとする。

けれども……。

「ふぁっ」

胸の突起《とっき》をつままれ、声をあげた瞬間、熱く反《そ》り返《かえ》ったものが、一気に口の中にねじこまれた。

「んんっ、んんぅ」

ゆるやかに何度か出し入れを繰り返されるうちに、気がつくといつのまにか鷹矢《たかや》のそれに舌をからませ、夢中で愛撫《あいぶ》していることに気づいた。

そのあいだにも鷹矢《たかや》の両手は、胸の上まで優真《ゆうま》の体操服をめくって、あらわになった左

右の乳首《ちくび》を、淫《みだ》らにもてあそんでいる。

「ん、ふっ、あぁっ」

放置《ほうち》されている股間《こかん》のものが、痛いくらいに天を向いているのがわかる。

ねだるように腰を揺らすと、鷹矢《たかや》は優真《ゆうま》の唇から、自分のものを抜き取った。

「ここ、僕が座ってもいい?」

鷹矢《たかや》は、クッションのきいた優真《ゆうま》の椅子《いす》をまなざしで指し示しながら訊《き》いた。

当然ながら、鷹矢《たかや》が優真《ゆうま》の返事など待つわけもない。

「あっ」

鷹矢《たかや》は優真《ゆうま》を膝《ひざ》に抱きかかえるようにしながら、会長の椅子《いす》に腰をおろした。

「優《ゆう》は、正面座位《しょうめんざい》が好きだよね」

そんなふうに云《い》われたせいで、初めての夜のことが脳裏に鮮明《せんめい》に甦《よみがえ》ってしまう。

「ばかっ」

真っ赤になる優真《ゆうま》を見つめて苦笑《くしょう》を洩《も》らすと、その鼻先に軽く歯を立てる。

「痛……」

鷹矢《たかや》をにらみかけた優真《ゆうま》は、下腹の欲望をてのひらに包み込まれるのを感じて、大きくのけぞった。

「ひぁっ」

「朝でも昼でも、もちろん夜でも、きみの握《にぎ》り心地《ごこち》は最高だね。可愛い……」

　クスッと笑われて、優真《ゆうま》はますます顔が熱くなる。

「うるさい。どうせ自分のと比《くら》べて、サイズがってことだろ！」

「形もね」

「……の野郎っ！」

　今すぐ結婚解消《けっこんかいしょう》とばかりに、鷹矢《たかや》の胸を押しのけようとするけれど、逃げるには、もう遅くて。

「あっ、あぁっ」

　二人のものを重ねてしごきあげる鷹矢《たかや》の手の動きに翻弄《ほんろう》されて、優真《ゆうま》は、呆気《あっけ》なく果《は》てる。

　それを、優真《ゆうま》の短パンでぬぐいながら、鷹矢《たかや》は残念そうに吐息《といき》を零《こぼ》した。

「昼下がりの生徒会室で、優《ゆう》と一緒にいきたかったのに……」

「悪かったな。俺が早すぎでっ」

　朝に鷹矢《たかや》からいかされたあとに、さらに一人でもやったのに、この我慢《がまん》できなさは、自分でもいただけないと思う。

（もっと鍛《きた》えないと……。鷹矢《たかや》には内緒《ないしょ》で）

　優真《ゆうま》は、ひそかにそう誓《ちか》うと、腰にまきついている鷹矢《たかや》の手をはずさせて、膝の上からすべりおりた。

「ぁっ」

おりる際に、太腿《ふともも》の内側に鷹矢《たかや》の膝《ひざ》が触れて、びくんと身体が跳《は》ねる。

(ますます敏感《びんかん》になってやしないか?)

それは男として、あまり嬉しくないことだ。

(そのせいで、あんなに早くいっちゃうのか……)

絶望的な気持ちになりながら、脱いだ下着と短パンを、優真《ゆうま》は探す。

そして、自分の放《はな》ったものでぐしょ濡《ぬ》れになっているそれを机の上で見つけた途端《とたん》、優《ゆう》真《ま》の絶望的な気分は最高潮《さいこうちょう》に達《たっ》して、広い執務机《しつむづくえ》にがっくりと上半身をうつぶせに倒れ伏《ふ》した。

「なにが、汚したくないなら、自分で全部脱げ……だよ? うそつきっ」

「ごめん。ほかに適当なものがなくて」

机の上に投げた本人は、さほど申し訳なさそうじゃない顔で、優真《ゆうま》に謝罪《しゃざい》する。

「それより、僕に無防備《むぼうび》な可愛いおしりを向けたりして、誘ってるの?」

「え? 誤解《ごかい》だっ」

あわてて体勢を入れ替えようとするけれど、すでに鷹矢《たかや》に、腰を背後からがっちり捕《つか》まえられていて……。

「は、あぁっ」

机にうつぶせに押さえつけられ、双丘《そうきゅう》の谷間に、まだ勢いを保ったままの鷹矢《たかや》のものをもぐりこまされる。

「はぁんっ。あぁ、はぁっ」

鷹矢《たかや》が腰を前後させるいやらしい音が、部屋中に響いている。

恥ずかしいせいで、なおさら感じまくってしまう自分が、情けなくてたまらない。

「んっ、ひぁっ」

双丘を両手でわしづかみにされ、のけぞった拍子《ひょうし》に、そこに鷹矢《たかや》の欲望の飛沫《ひまつ》が叩《たた》きつけられる。

「あ、あぁっ」

おしりの谷間も、性感帯《せいかんたい》のひとつなのはわかってはいたけれど、またしても感じすぎて、意識が混濁《こんだく》してしまう。

「結局、体育さぼっちゃったけど、いい運動になったね」

そうささやく鷹矢《たかや》の満足そうな声と五限《ごげん》終了のチャイムの音が、次第に遠くなってゆく。

「優《ゆう》？　……熱い」

「だから、体育は見学予定だったのに……。鷹矢《たかや》の……ばか」

あたたかな腕に抱きしめられながら、恨《うら》めしげに云《い》う自分の声さえも遠ざかっていった。

Mariage★6

〔最強！　花婿は帝王のナイト★〕

「ねぇ、昨日《きのう》はどうしてなにも云《い》わずに帰っちゃったんですか?」

放課後の生徒会室……。

この部屋で一番ゴージャスな会長専用椅子《かいちょうせんようい す》には座らずに、窓辺《まど べ》のソファーに横になっている優真《ゆう ま》を、春樹《はる き》が覗《のぞ》きこんでくる。

「おかげで、クールビューティーが売りの左大臣様《さ だいじんさま》が、ものすごく荒れちゃって、なだめるの、大変だったんですよ」

「悪い、春樹《はる き》。頭痛いから、そっとしておいてくれ」

背もたれのほうに向き直って、優真《ゆう ま》は、まだ熱っぽい吐息《と いき》を零《こぼ》す。

鷹矢《たか や》のいう甘酸《あま ず》っぱい想い出の一ページめをこの部屋で作ってしまった、忌《い》まわしい記念日の翌日である。

「あなたともあろうお方が、健康管理もうまくできないとは……」

廊下側《ろう か がわ》のドアが開く音がして、春樹《はる き》とは別の冷ややかな足音が近づいてくる。

「具合が悪いなら、保健室につれていってさしあげましょうか? お姫様抱《ひめさま だ》っこで」

澄《す》ました声がささやきかけるのと同時に、ひんやりとしたてのひらが、優真《ゆう ま》の額《ひたい》に押し当てられた。

「おまえか、冬一郎《とういちろう》。寒い冗談は云《い》うな」

「本気だったのに」

すねたように肩をすくめるクールな美貌《びぼう》の持ち主は、たった今話題に出たばかりの、優《ゆう》真《ま》の側近《そっきん》の一人で、ブレーンでもある左大臣の氷川冬一郎《ひかわとういちろう》だ。

見るからに寒そうな名前だが、本人も相当クールだ。

そのせいか、子供の頃は、ペンギン扱いされていたらしい。

だが、ここの中等部に入ってからは、いつも脳内お花畑状態な春樹《はるき》とずっとつるんでいるおかげで、そこまで寒いキャラクターであるとは思われていなかった。

それが冬一郎的《とういちろうてき》には少々不満らしいが、同学年なのにアニキ、アニキとまとわりついてくる春樹《はるき》を追い払えずに、本来のブリザードならぬ涼風生活《りょうふうせいかつ》も六年目に突入している。

「悪かったな。おまえの本気は、わかりにくい」

優真《ゆうま》は云《い》うと、おかわりというように、熱でぬるくなっていない冬一郎《とういちろう》のもう片方の手を握って、自分の目の上にかぶせた。

「あぁ、気持ちいいっ」

優真《ゆうま》が洩《も》らすのを聞いて、春樹《はるき》がうらやましそうに冬一郎《とういちろう》を見遣《みや》る。

「ずるい、アニキだけ。俺だって、陛下《へいか》とベタベタしたい」

「冬場になったらな。おまえ、近くに寄るだけで暑苦しい」

病人だけに、いつも以上に容赦《ようしゃ》のない優真《ゆうま》の物云《ものい》いに、春樹《はるき》の泣きが入る。

「仕方ないじゃん。生まれつきなんだから」

春樹《はるき》の文句《もんく》を遠くに聞きながら、優真《ゆうま》は、もう一人の熱い男のことを思い出していた。

(鷹矢《たかや》の奴……)

体温は高めだし、雰囲気《ふんいき》も春っぽいのに、どこか涼《すず》しげで、たまにひどく冷ややかにも思える不思議《ふしぎ》な男。

それが、優真《ゆうま》の偽《いつわ》りの花婿《はなむこ》、朝比奈鷹矢《あさひなたかや》だ。

昨日《きのう》のことを思い出すと、せっかく微熱《びねつ》まで下がったはずの体温がまた一気に臨界点《りんかいてん》まで急上昇してしまう。

とはいえ、気を失ったあとのことは、ほとんど断片的《だんぺんてき》だ。

実《じつ》は、成績が全国大会上位だったり発言力を持っていたりするSランクの部や生徒会室があるこの棟《むね》は、元々は教員寮《きょういんりょう》だったらしく、各部屋バスルーム完備《かんび》というゴージャス仕様《しよう》なのである。

目ざとい鷹矢《たかや》は、転入したばかりなのに、ちゃっかりそれに気づいたようだ。

行為《こうい》のあとに優真《ゆうま》をかかえながらシャワーを浴《あ》びて、さっぱりした鷹矢《たかや》は、窓の下を通りかかったクラスメイトに、自分と優真《ゆうま》の制服とカバンを取ってきてもらったらしい。

用意周到《よういしゅうとう》にカバンの中に替えの下着まで常備《じょうび》しているという鷹矢《たかや》のおかげで、ノーパンにはならずにすんだのだが。

だからといって、素直に感謝する気になれないのは、なぜなのだろう?

それどころか、むしろ歯噛《はが》みするほどの悔《くや》しさを感じてしまうのは、どうしてなのか？　たったそれだけの謎を解こうとしただけで、また頭ががんがんしてきて、優真《ゆうま》は低く唸《うな》りながら、ソファーの上で寝返りを打った。

「陛下《へいか》、体育祭の予算決議《よさんけつぎ》は私たちにまかせて、今日はもう帰ったらどうですか？」

「いや、しかし、皆《みな》に迷惑をかけるわけには……」

大層《たいそう》な病名がついているならいざ知らず、昨日の帰りがけに寄った病院では、『知恵熱《ちえねつ》ですね』と診断《しんだん》されたのである。

同伴《どうはん》した鷹矢《たかや》が、クスッと笑ったのを、優真《ゆうま》は見逃さなかった。

おまけに、昨夜《ゆうべ》も鷹矢《たかや》は、熱をとるために一緒に寝ると、母親みたいなことを云《い》って聞かないし。

優真《ゆうま》が無造作《むぞうさ》に洗濯機に突っこんだシルクの着物は、お子様用ですかと聞きたくなるほど縮《ちぢ》んでしまうし。

なのに、鷹矢《たかや》が、せっかく嫁《よめ》が心をこめて洗ってくれたものを着ないとバチが当たるとかいって、ミニスカ状態で太腿《ふともも》とかまる見えのそれを、いつものように素《す》っ裸《ぱだか》に着て、優《ゆう》真《ま》にナマ足をからませてくるし……で、本当に散々《さんざん》な一日だったのである。

むろん、鷹矢《たかや》のシルクの寝《ね》まきを、一人エッチの際に使ったなどとは、天地が割れても知られてはならないが。

「会議まであと十五分か。……じゃあ、あと十分寝かせてくれ」

「無理はしないでください。あなた一人の身体ではないんですよ」

力が出なくて、優真《ゆうま》が素早く抵抗できないのをいいことに、冬一郎《とういちろう》が、仮眠用《かみんよう》のフリースをかけるついでに、腰に手を這《は》わせてくる。

「も、ふざけるのはやめろって」

背中を向けたまま、おしりを撫《な》でまわしている冬一郎《とういちろう》の手を押しのけるが。

「俺も俺も……」

今度は、上からかぶさってきた春樹《はるき》に、下腹をさすられてしまった。

「おい、やりすぎだ」

冬一郎《とういちろう》が春樹《はるき》の襟首《えりくび》をつかまえて、引き剥《は》がしてくれる。

が、次の瞬間には、示し合わせたように、春樹《はるき》は優真《ゆうま》の肩《かた》を、冬一郎《とういちろう》は膝《ひざ》を押さえにかかってきた。

「なにをする？」

ぐったりしたままで、優真《ゆうま》は肩越しに二人を振り返る。

「いや。鬼《おに》のカクランなんて珍《めずら》しいからな。今のうちに襲《おそ》っておこうかと思って」

冬一郎《とういちろう》の口調《くちょう》が変わる。

「うん。陛下《へいか》、なんか色っぽいし、エロい痕《あと》つけてるし」

春樹《はるき》に云《い》われて、優真《ゆうま》はびくっと喉元《のどもと》に手をやった。

「あらら。カマかけただけだったんだけどなぁ」

「ばか。ふざけるな」

起き上がろうとする優真《ゆうま》の腕を、冬一郎《とういちろう》がつかみ上げる。

「いいから、執務《しつむ》はまかせて、あなたは私たちに守られていればいい」

「造反《ぞうはん》する気か？」

「まさか。愛ゆえだって。最近無理しすぎなんじゃないのかぁ？　こんな季節に熱出してぶっ倒れるなんて」

ソファーに腰をおろして、自分の膝の上によいしょっと優真《ゆうま》を抱き上げながら、春樹《はるき》が云《い》う。

「昨日《きのう》だって、あのまま保健室でおとなしく眠っていれば……」

そこまで云《い》った瞬間、春樹《はるき》は、あれ？　っと首をかしげた。

「そういや、昨日あのあと、転校生と、どこに消えたんだ？」

春樹《はるき》の問いに、優真《ゆうま》は、ぎくりと首をすくめる。

「いや、ちょっと医者に」

「ふぅん。やたら仲よさそうだったよな。親戚《しんせき》なんだっけ？」

「あぁ、又従兄弟《またいとこ》だ。もう気がすんだろう？」

優真《ゆうま》は、太腿《ふともも》の上を這《は》っている春樹《はるき》の手をはらいのけながら、二人を交互《こうご》ににらんだ。

「だから、いい加減俺で遊ぶのはやめ……」

「いいや。遊びじゃない」

「え？」

開いた優真《ゆうま》の両腿《りょうもも》のあいだに、冬一郎《とういちろう》がぎしっと片膝《かたひざ》をつく。

「いいでしょう？　ご褒美《ほうび》くらいもらっても。これまでずっと、牙《きば》も剥《む》かずにおとなしく尽《つ》くしてやったんだから」

「そうそう。それが目当てってだけじゃないけど、期待しちゃうよなぁ、ご褒美。陛下《へいか》のこの綺麗《きれい》な身体でさ」

背後から羽《は》交《が》い絞《じ》めながら、優真《ゆうま》のうなじに唇を這《は》わせようとする春樹《はるき》の髪をつかんで、冬一郎《とういちろう》が叱《しか》りつけた。

「まだだ。がっつくな」

「ええーっ。そんなこと云《い》って、一人占《ひとりじ》めする気じゃないだろうな」

「そうじゃない。だが、順番ってものがあるだろう」

自分が先だとさりげに主張しながら、冬一郎《とういちろう》は優真《ゆうま》の頬《ほお》を撫《な》であげる。

「大事にしてたのに、色気づきやがって……。それでなくても、私たちがそばにいなきゃ、一メートル歩くごとに、誰かにやられてるレベルだ」

「なにを云《い》ってるんだ？」

突然の下克上《げこくじょう》フラグに、優真《ゆうま》は、ただでさえくらくらする頭を片手で押さえながら、冬一郎《とういちろう》を見上げた。

たしかに、学園では並ぶもののない腕っぷしの二人に、左右をしっかり固めてもらっていたおかげで、優真《ゆうま》の帝王《ていおう》としての地位《ちい》も、不動のまま今に至《いた》っている。

けれども、二人とも献身的《けんしんてき》で、これまで褒美をせがむようなことはなかったのに。

それも、『身体で』なんて、どうかしている。

「おまえたちには感謝しているが、それとこれとは、話が別だ。ってか、なんで急にそんなことを？」

怪訝《けげん》な顔で優真《ゆうま》が問うと、冬一郎《とういちろう》がぼそりとつぶやいた。

「転校生……」

「は？」

「一緒に暮らしてるんだって？」

優真《ゆうま》の顎《あご》をつかみあげると、冬一郎《とういちろう》が、探るように瞳を細める。

「なぜ私たちにまで、それを隠していた？」

「ちょ、ちょっと待て！　そんな話、誰に聞いたんだっ？」

「僕に、かな？」

ふいにドアのほうから声が聞こえて、三人は同時に振り向いた。

「お邪魔してるよ」

閉じたドアに肩でもたれたまま、鷹矢《たかや》が、軽く手を振る。

「忍者《にんじゃ》かよ？」

ドアの開く音さえしなかったので、春樹《はるき》が驚いたように洩《も》らす。

「鷹矢《たかや》……」

とっさに立ち上がろうとする優真《ゆうま》の肩を、冬一郎《とういちろう》がつかんだ。

「あなたは、ここにいろ」

優真《ゆうま》を春樹《はるき》の腕に押し戻すと、冬一郎《とういちろう》はドアのほうへツカツカと歩いてゆく。

そして、鷹矢《たかや》の前で、ぴたりと足をとめた。

「生徒会会計、ならびに帝王《ていおう》の左を守る氷川冬一郎《ひかわとういちろう》だ」

「あぁ、きみが……。うちの優《ゆう》がいつもお世話になっています」

「うちの？」

ピキッと冬一郎《とういちろう》の眉間《みけん》に皺《しわ》が寄《よ》る。

「あぁ。親戚《しんせき》なんだってな？」

「え？」

ちらりと優真《ゆうま》に目をやると、鷹矢《たかや》は冬一郎《とういちろう》に微笑《ほほえ》みかけながら、うなずいた。

「そうだよ。それがなにか？」

背の高い、それもほぼ同身長のふたりが、不穏《ふおん》なオーラを漂《ただよ》わせながら顔を突き合わせている様子《ようす》は、見ているだけでも心臓に悪い。

特に、鷹矢《たかや》に余計なことをしゃべられるとまずい優真《ゆうま》にとっては。

「鷹矢《たかや》っ」

わかってるだろうなと念《ねん》を押すために、鷹矢《たかや》の名を呼ぶ。

だが、冬一郎《とういちろう》は、それを、優真《ゆうま》が鷹矢《たかや》に助けを求めたと勘違《かんちが》いする。

優真《ゆうま》に裏切られた怒りと鷹矢《たかや》への嫉妬《しっと》で制御《せいぎょ》不能《ふのう》になった冬一郎《とういちろう》は、勝手に交渉《こうしょう》決裂《けつれつ》、宣戦《せんせん》布告《ふこく》とばかりに、突然現れて優真《ゆうま》の心を奪《うば》っていった得体《えたい》の知れない相手に向かって、即座《そくざ》に攻撃を開始した。

「同居《どうきょ》を始めたくらいで、えらそうに亭主面《ていしゅづら》するな」

「だって、亭主だし」

「四《し》の五《ご》の云《い》うな！　帝王の左大臣の名において、おまえを成敗《せいばい》……、ん？」

鷹矢《たかや》があまりにさらりと口にしたせいで、大変な問題発言にもかかわらず、冬一郎《とういちろう》は、うっかりスルーしそうになる。

しかし、すぐに気づいて、ひくりと眉《まゆ》を寄せた。

「……亭主だと？」

「そう。僕たち、このたび結婚しました。どうぞよろしく」

「なっ？」

鷹矢《たかや》がにっこり笑って答えるのを聞いて、冬一郎《とういちろう》は硬直《こうちょく》する。

そんな冬一郎《とういちろう》に顔を寄せると、とどめとばかりに、鷹矢《たかや》は付け加えた。

「つまり、新婚《しんこん》ほやほやってこと」

「マジかよっ」

春樹《はるき》が、衝撃《しょうげき》を受けたように、鷹矢《たかや》と優真《ゆうま》を見比《みくら》べる。

冬一郎《とういちろう》も、真偽《しんぎ》を問うべく振り返るが、首まで真っ赤になる優真《ゆうま》を見て、ぐらりとよろめいた。

「うそだ……」

つらい現実から逃げるかのように、思わずあとずさる冬一郎《とういちろう》に、鷹矢《たかや》は容赦《ようしゃ》なく首を横に振る。

「きみにとっては残念なお知らせだけど、僕たちはもう身も心も……」

「云《い》うなっ！」

冬一郎《とういちろう》よりも早く鷹矢《たかや》を制止《せいし》したのは、春樹《はるき》の膝《ひざ》の上で、ふるふると肩を震《ふる》わせていた優真《ゆうま》だった。

「それ以上余計なことをしゃべったら、今夜から、おまえのベッドは、かたい床《ゆか》の上だ」

「そんなぁ……」

鷹矢《たかや》が、叱《しか》られた仔犬《こいぬ》のように、哀《かな》しげな声を洩《も》らす。

けれど、なにか思いついたのか、鷹矢《たかや》は「あっ」と声をあげると、すぐに危険な笑みを口元に浮かべて、思わせぶりに優真《ゆうま》を見つめた。

「おい、なにを考えてる？」

訊《き》いた瞬間、優真《ゆうま》は後悔《こうかい》する。

「こ、答えなくていい！」

あわててとめるが、間に合わず、鷹矢《たかや》は素直に、浮かんだ考えを披露《ひろう》する。

「そういえば、まだキッチンの床では、やってなかったね」

「うわぁぁぁっ」

その言葉をかき消そうとして優真《ゆうま》は叫ぶが、鷹矢《たかや》の声は、残りの二人にもしっかり聞こえてしまっていた。

「キッチン・エッチ？　なんという男のロマン」

春樹《はるき》が興奮して、能天気《のうてんき》な声をあげる。

「は、裸《はだか》エプロンも、もちろんセットだよな？」

「あぁ、それ、いただき」

春樹《はるき》にうなずく鷹矢《たかや》を、優真《ゆうま》は、こぶしを握りしめながら、にらんだ。

冬一郎《とういちろう》は、というと、ご機嫌《きげん》な鷹矢《たかや》のかたわらで、額《ひたい》をドアにぶつけるように押し当てながら、一人でぶつぶつと、なにやらつぶやいている。

「終わった。誇《ほこ》り高《たか》く清《きよ》らかな私の天使はもう、ほかの男の汚《きたな》らしい手であんなことやこんなことをされて、淫《みだ》らな身体に改造されてしまったんだ」

「汚くないよ。いつも綺麗《きれい》に洗ってあげてるし。まぁ、ときどきは、優真《ゆうま》の蜜《みつ》にまみれた指で、いろいろ悪戯《いたずら》しちゃうこともあるけど」

「鷹矢《たかや》ぁっ！」

許《ゆる》さないと怒鳴《どな》ってやるつもりがその前に、ふっと意識が途切れて、優真《ゆうま》は春樹《はるき》の腕の中にくずれ落ちる。

「ん……」

軽く肩を揺《ゆ》すられて、優真《ゆうま》は、すぐに意識を取り戻すが……。

気がついたときには、ドアの近くにいたはずの鷹矢《たかや》の顔が、すぐ目の前にあった。

「え？」

ものすごい勢いで駆《か》け寄ってきたにもかかわらず、鷹矢《たかや》は息一つ乱さずに、優真《ゆうま》の身体を春樹《はるき》から奪《うば》い取る。

そして鷹矢《たかや》は、優真《ゆうま》を軽々と腕に抱き上げながら云《い》い放った。

「今日から僕は、帝王《ていおう》のナイトだ。僕の許しなしに、誰も優《ゆう》には触らせない」

「おまえさぁ、ナイトというより、悪党《あくとう》っぽいぜ」

いきなり腕の中から優真《ゆうま》を奪い取られ、一瞬ぽかんと鷹矢《たかや》を見上げていた春樹《はるき》だが、我《われ》に返るなり、呆《あき》れた顔で云《い》う。

「姫を強奪《ごうだつ》しに来た残虐《ざんぎゃく》な砂漠《さばく》の盗賊《とうぞく》とか、欲にまみれてやりたい放題の悪いお代官《だいかん》とか、そんな感じ」

春樹《はるき》の言葉に、鷹矢《たかや》の腕の中でぐったりしている優真《ゆうま》も、つい同調《どうちょう》するようにうなずいてしまう。

「ええっ？　僕が？」

「ほかに誰がいる」

決めつける優真《ゆうま》を、鷹矢《たかや》は恨《うら》めしげに見つめる。

だが、傷ついた様子《ようす》だったのが一変して、開き直ったのか、鷹矢《たかや》は、冷ややかな口調《くちょう》で宣言《せんげん》した。

「じゃあ、帝王を意のままにする冷酷《れいこく》な騎士《きし》ということで、僕はかまわないよ」

「俺は、かまうっ！」

思いっきり拒否《きょひ》する優真《ゆうま》に、ドアに額《ひたい》を押し当てたままの冬一郎《とういちろう》が、墓《はか》から這《は》い出したゾンビのような声で訊《き》いた。

「そいつの云《い》ってることは、出まかせだよな？」

「当然だ！」

さすがに認《みと》めるわけにもいかずに、優真《ゆうま》は即答《そくとう》する。

すると、冬一郎《とういちろう》は、反魂《はんごん》の秘薬《ひやく》でも浴《あ》びたかのように、ゆらりと顔をあげた。

「ならば、私たちが二人がかりで、そいつをぼこぼこにしてもかまわないな？」

「いや、それは……」

優真《ゆうま》は、とっさに返事を濁《にご》す。

（全部が全部、鷹矢《たかや》の出まかせというわけではないし、それに……）

鷹矢《たかや》が病院送りなんかになれば、また面倒なことになる。

「なにをためらってる？」

顔をそむける優真《ゆうま》を、冬一郎《とういちろう》は、きつい口調《くちょう》で問いただす。

「その……家庭の事情で……」

「はぁ？」

優真《ゆうま》の適当すぎる云《い》い訳《わけ》に呆然《ぼうぜん》としている冬一郎《とういちろう》に、鷹矢《たかや》も謝《あやま》りを入れる。

「そういうわけだから、悪いな」

少しも悪いとは思っていなさそうな口調で……。

無駄に冬一郎《とういちろう》の苛立《いらだ》ちを誘うと、鷹矢《たかや》は優真《ゆうま》を腕に抱いたまま、これにて一件落着《いっけんらくちゃく》とばかりに、全員の顔を見まわす。

そして、いきなり窓のほうに歩いてゆくと、優真《ゆうま》のゴージャスな会長専用椅子《いす》に、どっかと腰掛けた。

「昨日も思ったけど、この椅子《いす》、座り心地《ごこち》いいね。すっかり気に入ってしまったよ」

膝《ひざ》の上に抱いた優真《ゆうま》の耳元に、うしろからささやきかける鷹矢《たかや》を見て、古参《こさん》の二人は、あからさまに殺気立《さっきだ》つ。

「その椅子《いす》は、陛下《へいか》以外、誰も座ったことがないのに……」

恨《うら》めしげに云《い》う冬一郎《とういちろう》に、意外そうに首をかしげた。

「こんなに座り心地いいのに？」

鷹矢《たかや》は、両腕を肘掛《ひじか》けにのせて、腰だけで、優真《ゆうま》を下から軽く突き上げながら、傷心《しょうしん》中《ちゅう》の二人に問いかける。

「スプリングの効《き》きもいい感じだし」

「ん、やっ」

制服のズボン越《ご》しに、感じやすい谷間を刺激されて、優真《ゆうま》が色っぽくのけぞった。

「この野郎……」

冬一郎《とういちろう》が、こぶしを震《ふる》わせながら、瞳をすがめる。

「あ……、いやだっ」

冬一郎《とういちろう》たちの視線に気づいて、優真《ゆうま》は、鷹矢《たかや》の膝の上からのがれようと必死に抗《あらが》う。

けれども、そんな優真《ゆうま》の細い胴《どう》に、すかさず腕を巻きつけながら、鷹矢《たかや》は低く笑った。

「優真《ゆうま》はうそつきだからな。見られてると、燃えるくせに」

「ば、ばかっ」

優真《ゆうま》は身をよじって、咎《とが》めるように鷹矢《たかや》をにらむ。

だが、しかし、大きなてのひらに包みこまれるようにして片方の胸を揉《も》まれると、こらえられなくなってしまう。

はぁはぁと喘《あえ》ぎながら腰を揺《ゆ》らす優真《ゆうま》を見て、春樹《はるき》が低く唸《うな》った。

「アニキ、俺、ちょっとやばいかも」

冬一郎《とういちろう》に駆《か》け寄った春樹《はるき》は、優真《ゆうま》の乱れる姿を見て、とうとうその場にしゃがみこんでしまう。

「この根性なし！」

「そんなこと云《い》われても……」

鷹矢《たかや》の膝《ひざ》の上で身体を揺らしている優真《ゆうま》を盗み見て、春樹《はるき》はますます前かがみになる。

そんな相方《あいかた》の肩を苛立《いらだ》たしげに踏《ふ》みつけると、冬一郎《とういちろう》は、のうのうと会長席《かいちょうせき》に納《おさ》まっている鷹矢《たかや》の余裕《よゆう》たっぷりな笑顔をにらみつけた。

おまけに、憎《にく》いその男の膝の上では、これまで大切に守ってきた純潔《じゅんけつ》の花が、淫《みだ》らに散らされようとしているのだ。

見たくないのに、つい食い入るように見てしまう。

そんな冬一郎《とういちろう》の視線に応《こた》えるように、鷹矢《たかや》は、優真《ゆうま》の襟元《えりもと》を乱暴な手つきで大きくはだけさせると、その中に片手を差し入れる。

そして、ツンと尖《とが》ったピンク色の胸の突起《とっき》を、二本の指でいやらしくまさぐった。

「あ、やっ」

快感に身をのけぞらせて喘《あえ》ぐ優真《ゆうま》を見て、頭の中を真っ白にスパークさせる冬一郎《とういちろう》に、鷹矢《たかや》は、からかうような煽《あお》り口調《くちょう》で尋《たず》ねた。

「もう一度訊《き》くけど、誰もいないときに、こっそりこの椅子《いす》に座って、優《ゆう》のエッチな姿を想像しながら、一人でやったりしたことないの？」

「くっ」

実際にやったことはないが、頭の中を見透《みす》かされた気がして、冬一郎《とういちろう》は唇を咬《か》みしめる。

すぐさま飛びかかって、優真《ゆうま》を鷹矢《たかや》の腕の中から奪《うば》い返してやりたいのに、金縛《かなしば》りにでもあったかのように、手足が動かせない。

先刻《せんこく》、優真《ゆうま》に悪党退治《あくとうたいじ》の承諾《しょうだく》をもらえなかったことが、呪縛《じゅばく》のように冬一郎《とういちろう》を動けなくしているのだ。

……いつもは冬一郎《とういちろう》よりも獰猛《どうもう》な番犬《ばんけん》の相方《あいかた》は、別の理由で動けないようだが。

かたわらにしゃがみこんでいる春樹《はるき》を見下ろし、忌々《いまいま》しげに舌打ちをする。

だが、春樹《はるき》の気持ちも、わからないではない。

初めて目にする優真《ゆうま》の媚態《びたい》が、あまりにも妖艶《ようえん》で、衝撃的《しょうげきてき》で……。

許《ゆる》されることならば、鷹矢《たかや》に変わって、自分が優真《ゆうま》を泣かせてやりたい。

そんな欲望が胸と下腹の奥で膨《ふく》れ上がって、冬一郎《とういちろう》は、嫉妬《しっと》に低く掠《かす》れた声音《こわね》で鷹矢《たかや》をなじった。

「新参者《しんざんもの》のくせに……」

「違うよ」

鷹矢《たかや》は、心外《しんがい》そうに云《い》い返す。

「僕のほうが先。子供の頃からずっと狙《ねら》ってたんだから」

「……そんな話、聞いて……ないっ」

鷹矢《たかや》の隙《すき》のない巧《たく》みな愛撫《あいぶ》に身もだえしながら、喘《あえ》ぎまじりに優真《ゆうま》が洩《も》らす。

「云《い》ってなかったっけ？　でも、今、云《い》ったから、問題ないよね」

「問題ありまくりだろう」

横から口を挟《はさ》む冬一郎《とういちろう》にちらと視線を流すと、鷹矢《たかや》は、見せつけるように優真《ゆうま》の耳を舌で舐《な》めまわしながら、下肢《かし》にするりと片手をすべらせた。

「ひぁっ。だめ！」

優真《ゆうま》はとっさに、膝《ひざ》を閉じ合わせようとする。

けれども鷹矢《たかや》は、膝と手を使って強引に優真《ゆうま》の両足をこじ開けながら、ほかの二人にも聞こえるようにささやきかけた。

「これは、背面座位《はいめんざい》っていうんだよ。繋《つな》がったときに深い場所まで届くから、優《ゆう》もきっと好きになるはず」

「ちがっ」

まだそんなことまではやっていないと、側近《そっきん》の二人に云《い》い訳《わけ》するみたいに優真《ゆうま》が叫ぶ。

それが気に入らなかったのか、鷹矢《たかや》は予告《よこく》もなしに、優真《ゆうま》のズボンのベルトに手をすべらせた。

「ま、待て。まさか、ここで……」

「待たないよ。きみは僕の花嫁《はなよめ》だって、今すぐわからせてやる。番犬《ばんけん》くんたちだけじゃなくて、優《ゆう》……、きみにもね」

怒った声で云《い》うと、鷹矢《たかや》は優真《ゆうま》のベルトをはずして、白い制服のズボンのファスナーを、音を立てながら、指で一気に引き下ろす。

そして、開いたあわせから顔を覗《のぞ》かせる下着のふくらみに、やんわりと指先を這《は》わせた。

「あ、ばかっ。本気で怒るぞっ」

叫んで、それ以上の陵辱《りょうじょく》を阻止《そし》しようとする優真《ゆうま》の手を鷹矢《たかや》は容赦《ようしゃ》なくはらいのける。

「じゃあ、これまでは本気で怒ってなかったんだね」

令した。


「そういう意味じゃないっ」

「別にどっちでもかまわないよ。どうせ僕は、冷酷《れいこく》なナイトなんだから」

すねて開き直った鷹矢《たかや》をとめる方法を、優真《ゆうま》は、まだ会得《えとく》していない。

「おまえたち、見るな！」

のちのちの傷を少しでも浅くするために、優真《ゆうま》は、冬一郎《とういちろう》と春樹《はるき》に向かって、必死に命令した。

（もしかして、『助けろ』と云《い》ったほうがよかったりして？）

ふとそんな考えが浮かんで、優真《ゆうま》は顔を上げ、冬一郎《とういちろう》と春樹《はるき》を見遣《みや》る。

すると、案《あん》の定《じょう》、二人とも目を閉じるどころか全開にして、こちらを見ていた。

そんな二人から目をそらし、自分の股間《こかん》に視線をやると、今しも鷹矢《たかや》が、下着の縁《ふち》をめくり下ろそうとしているところだった。

（お、俺が悪かった。謝《あやま》るから……）

かたく目をつむり、天に向かって謝罪《しゃざい》する優真《ゆうま》の耳に、電話のベルが鳴り響く。

「え？」

目を開けると、執務机《しつむづくえ》の電話を、鷹矢《たかや》がとろうとしていた。

「ちょ……」

「はい、生徒会室。あぁ、了解《りょうかい》。今、行く」

すかさず受話器《じゆわき》を奪《うば》い取ろうとした優真《ゆうま》は、鷹矢《たかや》が訳知《わけし》り顔で流暢《りゆうちよう》に受け応《こた》えしているのを見て、直前で手をとめる。

体育祭の予算決議《よさんけつぎ》の会議を、各クラスから選出された体育委員及び、体育会系各部の部長たちとやる予定になっていたはずなので、てっきり、さっさと来いという呼び出しの電話だと思ったのだが……。

怪訝《けげん》な面持《おもも》ちで様子《ようす》を窺《うかが》っている優真《ゆうま》の前で、鷹矢《たかや》が付け加えるように電話に応える。

「そう。今日から僕が副会長をやることに決まったから、体調を崩している陛下《へいか》の代わりに、進行は僕にまかせてくれればいいよ」

そう云《い》って、受話器を置くと、鷹矢《たかや》は、優真《ゆうま》を抱きかかえながら立ち上がった。

「はい、交替《こうたい》……」

そう云《い》って優真《ゆうま》を椅子《いす》に座らせると、鷹矢《たかや》は、乱れた自分の制服を手早く綺麗《きれい》に直す。

「どういうことだよ?」

自分の椅子《いす》に心地《ここち》よく沈《しず》みこみながら、優真《ゆうま》は、鷹矢《たかや》に問いただした。

「お聞きのとおりだよ。副会長が、そこの二人に追い出されて欠番《けつばん》だと聞いたから、僕がやることにしたんだ」

「はぁ?　誰がそんなことを許《ゆる》した?」

「昨夜《ゆうべ》、きみがベッドの中で……」

鷹矢《たかや》に即答《そくとう》されて、優真《ゆうま》は「あっ」と声をあげる。

「マジで？」

春樹《はるき》に問《と》われて、優真《ゆうま》は机に突っ伏《ぶ》した。

「すまん……」

昨夜熱でぼんやりしているところに、容赦《ようしゃ》なくエロいことをされて、なかなかいかせてもらえず半泣き状態のときに、なにか条件を出された気が……。

「俺は認めないぞ！」

どうにか金縛《かなしば》りから抜けた冬一郎《とういちろう》が、鷹矢《たかや》につかみかかってくる。

それを、一撃で足元に沈ませると、服を軽くはらいながら、鷹矢《たかや》は云《い》った。

「たしか、生徒会役員の任命《にんめい》は、会長に一任《いちにん》されているはずだよね」

「そうそう。俺たちも、それでずっと役員やってるしさ」

冬一郎《とういちろう》を沈めた鷹矢《たかや》の手腕《しゅわん》に尊敬《そんけい》のまなざしを投げながら、春樹《はるき》が答える。

「じゃあ、問題ないね。それに僕は、T大付属《だいふぞく》でも生徒会長をやっていたから、皆をまとめるのは得意なんだ」

「T大付属の会長？　って、あの『鬼《おに》の朝比奈《あさひな》』？」

みぞおちを手で押さえながら、苦しげな声で冬一郎《とういちろう》が洩《も》らす。

「間違ってるよ。『仏《ほとけ》の朝比奈《あさひな》』だ」

鷹矢《たかや》はにっこり笑うと、身をかがめて、横から優真《ゆうま》にキスをする。

ついでに、優真《ゆうま》の股間《こかん》のふくらみを、下着の上からきゅっと握り上げた。

「んっ」

びくんと身を震《ふる》わせる優真《ゆうま》に、鷹矢《たかや》は甘くささやく。

「素早く済《す》ませて戻ってくるから、ここでお利口《りこう》にしてて」

もう一度軽くくちづけると、鷹矢《たかや》は、足元に膝《ひざ》をついている冬一郎《とういちろう》の襟首《えりくび》をひょいとつかみ上げた。

「行ってきます、ハニー。一人で気持ちいいことしててもいいけど、最後までいっちゃいやだよ。僕の楽しみが減るからね」

いつもなら優真《ゆうま》を守っている二人を付き従えて、鷹矢《たかや》は颯爽《さっそう》と生徒会室から出て行く。

外から鍵《かぎ》のかかる音を聞いて、優真《ゆうま》は、追いかけるのを諦《あきら》める。

ここは、外鍵と内鍵が別につけられているからだ。

仕方なく優真《ゆうま》は、一人で待つあいだ、鷹矢《たかや》に云《い》われた作業にとりかかることに決めた。

Mariage★7

〔きっと雨の日も晴れの日も★〕

鷹矢《たかや》が黒凰館《こくおうかん》に転校してきてから、早一ケ月。

あわや崩壊《ほうかい》かと思われた生徒会だが、なぜか平和な時間が流れていた。

「なにか、おかしい」

夕陽《ゆうひ》に染《そ》まる生徒会室の窓辺《まどべ》で、中庭を見下ろしながら、突然優真《ゆうま》がつぶやく。

優真《ゆうま》の視線の先には、つる薔薇《ばら》が巻きついた中庭の二人乗りのブランコに、仲良く腰掛けて、なにやらこそこそ話をしている鷹矢《たかや》と冬一郎《とういちろう》の姿がある。

それは今だけの奇異《きい》な出来事ではなく、クラスにいるときも、二人はまるで大昔からの親友のように見えた。

「なに見てるんですかぁ？」

先刻《せんこく》から顎《あご》に手を当てて窓の前を行ったり来たりしている優真《ゆうま》に、ソファーに寝転んで携帯電話をいじっている春樹《はるき》が訊《き》く。

「おまえは、変だとは思わないのか？　あいつらのこと……」

「あいつらって？」

携帯が気になるのか、空返事《からへんじ》をする春樹《はるき》に、優真《ゆうま》は苛立《いらだ》つ。

「決まってるだろう！　鷹矢《たかや》と冬一郎《とういちろう》だっ」

大股《おおまた》に部屋を横切ると、春樹《はるき》の手から携帯を取りあげながら、優真《ゆうま》は怒鳴《どな》った。

「どう考えてもおかしいだろう？　あいつらが、あんなに仲良くなるなんて……」

「あっ、返してくださいよぉっ」

「だめだ。話が終わるまでは、俺が預かっておく」

制服の上着の裾《すそ》にしがみついて哀願《あいがん》する春樹《はるき》を、優真《ゆうま》は容赦《ようしゃ》なくはらいのける。

「……ん？　あれ？」

「あ、中は見《み》ないほうが」

だが、開いたままの春樹《はるき》の携帯をうっかり覗きこんだ優真《ゆうま》は、そのまま絶句《ぜっく》した。

「遅かったか。だから、見ないほうがいいって云ったのに」

不気味《ぶきみ》な沈黙《ちんもく》が数十秒続き、ようやく優真《ゆうま》が、充電切《じゅうでんぎ》れから甦《よみがえ》った携帯電話のごとく、再起動《さいきどう》する。

「な、なんだ、この写真は？」

もちろん春樹《はるき》に訊《き》かなくても、答はわかっている。

なぜなら、それは優真《ゆうま》自身の写真だから。

(それも……、ウエディングドレス姿！)

「入手先は、鷹矢《たかや》か？」

怒りで携帯を持《も》つ手《て》をわなわなと震わせながら、優真《ゆうま》は春樹《はるき》を問いただした。

「そうですけど……。うわぁぁっ。俺がばらしたことが知れたら、どんな目にあわされるかわからないっ。後生《ごしょう》ですから、鷹矢《たかや》さんには黙《だま》っててくださいよぉ」

「ふざけるなっ。云《い》うに決まってるだろう」

携帯を逆パカするのは、ぎりぎりで思いとどまったが、当然ながら写真はすぐさま削除《さくじょ》する。

「あぁっ。俺の秘蔵《ひぞう》のコレクションが！」

「コレクション？　……まさか」

ハッとして、画像フォルダを開けると、花嫁姿《はなよめすがた》の優真《ゆうま》の写真が、所狭《ところせま》しと並んでいた。

それだけではなく、例のシースルーのネグリジェで眠っているバストショットまでも。

「即削除《そくさくじょ》っ！」

「あぁっ、それ、俺の一番のお気に入りなのにっ」

横からに覗《のぞ》きこんできた春樹《はるき》が、哀《あわ》れっぽい悲鳴《ひめい》をあげる。

かまわず削除する優真《ゆうま》の腕にしがみついたまま、春樹《はるき》はがっくりと床《ゆか》に崩れ落ちた。

「陛下《へいか》の可愛い乳首《ちくび》が……」

「おまえの脳内までは削除せずにいてやるんだから、感謝しろ！」

フォルダの全削除を選択して、迷わず暗証番号《あんしょうばんごう》に初期設定の９９９９を入れる。

すると、忌《い》まわしい画像はすべて跡形もなく消え去った。

「これですっきりした」

春樹《はるき》に携帯を投げ戻すと、優真《ゆうま》は自分の椅子《いす》に座って、リクライニングシートを倒す。

「あのばか、なに考えてるんだ？」

「けど、結婚はうそだって聞いてホッとしました」

片腕で涙をぬぐいながら、すっかり中身の軽くなった携帯をおしりのポケットにつっこんで、春樹《はるき》がつぶやく。

「なんだって？」

がばっと身体を起こして目をまるくする優真《ゆうま》に、春樹《はるき》が「えっ？」という顔になる。

「もしかして、ほんとに？」

「いや。本家のひい爺《じい》さんの陰謀《いんぼう》で」

「なんだ。鷹矢《たかや》さんもそう云《い》ってましたよ。大変でしたね、ほんと」

春樹《はるき》になぐさめられて、優真《ゆうま》は、深々とうなずく。

「二度とあんな思いはしたくない」

「そうでしょうねー。けど、俺はひい爺様に感謝だな。おかげで、いいもの見せてもらいました。さすが俺たちの帝王《ていおう》、花嫁姿《はなよめすがた》も綺麗《きれい》で、俺、なんか涙出ちゃいましたよ」

「いや、そんなに喜ばれても……」

（本っ気で嬉しくない！）

夕焼けが出ているから、雨が近いわけでもないのに、湿気《しっけ》が増えてきたときのように、全身がもぞもぞする。

以前優華《ゆうか》にその話をしたら、『やだ、お兄ちゃん、猫《ねこ》みたい』と云《い》われてしまったのだが。

(なぜ猫がそう思うとわかるんだ、優華《ゆうか》……)

納得《なっとく》できない気分でため息をつく優真《ゆうま》の足元に、春樹《はるき》が猫のようにすり寄ってくる。

「うん?」

「なんか、身体の奥がもぞもぞしてきちゃって」

「おまえもか?」

そう答えた途端《とたん》、春樹《はるき》が優真《ゆうま》の足に抱きついた。

「発情《はつじょう》してるって感じ?」

「はぁ?」

(もぞもぞの意味が違うじゃないかっ)

わかりあえたと思った次の瞬間に、見事に裏切られて、春樹《はるき》に怒りまで湧《わ》いてくる。

「あなたの写真消されたせいで、俺、寂《さみ》しくって。ねぇ、慰《なぐさ》めてくださいよ。運よく二人っきりだし、あなたも、ここがもぞもぞするんでしょう?」

膝《ひざ》の内側を這《は》い上がってこようとする春樹《はるき》の手を、優真《ゆうま》は、容赦《ようしゃ》なく叩《たた》き落した。

「ばかにするなっ。まにあってる!」

「え? じゃ、やっぱり鷹矢《たかや》さんと?」

「違うっ。そういう意味じゃないっ」

（それに、このあいだ俺が拒《こば》んで以来、鷹矢《たかや》の奴、手を出してこないし）

だが、『俺はなにも悪くない』と、優真《ゆうま》は、自分に云《い》い聞かせる。

（調子にのって、あいつがまた痛いことしようとするから……、いやだと正直に云《い》っただけで）

哀《かな》しそうに背中を向けたあのときの鷹矢《たかや》を思い出して、優真《ゆうま》の胸は、なぜかちくりと痛んだ。

「あなたも欲求不満かと思って誘ったのになぁ」

叩き落されて赤くなった手の甲をもう片方の手で撫《な》でながら、春樹《はるき》が、ため息をつく。

「おいしそうなナマ乳首《ちくび》、見られなくて、心底残念《しんそこざんねん》」

「なんだってっ？」

優真《ゆうま》は、春樹《はるき》の襟首《えりくび》をつかまえて、絞《し》め上げかけるが……。いちいち本気になって怒るのもばからしくなって、ふいに手を緩《ゆる》めた。

そして、説《と》き伏《ふ》せるように、優しく続ける。

「おまえは間違ってる。冷静になって、よく考えてみろ。男の乳首なんか見て、なにが楽しいんだ？」

「いや、陛下のなら、楽しいですよ？　てか、股間《こかん》に直撃みたいな」

「ばっ、ばかな！　精力剤《せいりょくざい》じゃあるまいし、人を、なんとか帝王液《ていおうえき》みたいに云《い》うな！」

「というより、心のアイドル？　だって陛下《へいか》は、昼は俺たちの帝王で、夜は夜で俺たち皆《みんな》の女神《めがみ》ですから。俺の知ってるどんな女子よりも、美人で色っぽいし」

うっとりと見つめられて、優真《ゆうま》は戸惑《とまど》う。

だが、ここでほだされて、ナマ乳首《ちくび》を見せてやるというわけにもいかない。

「それが錯覚《さっかく》だと云《い》ってるんだ」

優真《ゆうま》は、春樹《はるき》を更生《こうせい》させようと、気合いを入れて、説教を再開した。

「おまえは俺の幻影《げんえい》を見ているだけにすぎない。おまえの脳内にある捏造《ねつぞう》モニターが、俺を、こうあってほしいと思う相手に、勝手に描き変えているだけなんだ」

「はぁ」

よくわからないといった様子《ようす》で生返事《なまへんじ》をする春樹《はるき》に、優真《ゆうま》は段々《だんだん》イライラしてくる。

「男子校だからといって、男に走るのは怠《なま》け者の考えだ。非生産的《ひせいさんてき》だしな。男なら、女の子に惚《ほ》れるのが必然！」

「でも、マジで面倒だしなぁ」

「おまえという奴は……。俺だって、好きな相手はちゃんと女の子だぞ」

(……妹だけどな)

非生産的という点では、男に恋するのと、それほど変わらないような気もするが。

「でも、鷹矢《たかや》さんとアニキは？」

聖域《せいいき》である優華《ゆうか》の、結婚式での凛々《りり》しい男装《だんそう》を思い出して、つい心ここにあらずな状態になってしまっていた優真《ゆうま》は、突然春樹《はるき》に訊《き》き返されて、きょとんと首をかしげた。

「鷹矢《たかや》と冬一郎《とういちろう》がなんだって？」

「ええっ？　二人の様子が変だって、さっき冬眠前《とうみんまえ》のクマみたいにうろうろ歩きまわってたのは、陛下でしょう？　最近、仲よすぎだって」

「あ……」

先刻《せんこく》のイライラともぞもぞが一気に甦《よみがえ》って、優真《ゆうま》は眉根《まゆね》を寄せる。

「二人が仲いいなら、ちょうどいいじゃないですか。ねぇ、俺と『つがい』になりませんか？」

「な、だめに決まってるだろ！」

いきなり立ち上がって、迫ってくる春樹《はるき》の胸を片手で押しながら、優真《ゆうま》は、顔をそむけて、大きく吐息《といき》をついた。

(男だって、充分面倒じゃないか……)

おまけに、鷹矢《たかや》と冬一郎《とういちろう》が、いつのまにか、そんな関係になっていたなんて。

(どうりで、俺にうるさく迫ってこないわけだ)

ちょっといやがったくらいで、ほかの男に鞍替《くらが》えするなんて、最低だ。

病《や》めるときも健《すこ》やかなるときも、雨の日も晴れの日も、永遠《えいえん》にただ一人だけを愛します

のに）

（な……、俺、なにを考えてるんだ？　あれは偽《いつわ》りの結婚式《けっこんしき》で、当然誓約《せいやく》もうそっぱちなと誓《ちか》ったくせに。

「なんで、俺じゃだめなの？」

ぎゅっと抱きしめられて、耳元で問いかけられる。

（しまった。春樹《はるき》のこと、忘れてた）

「ね。だめかどうか、試《ため》してみようよ。意外に気持ちいいかもよ？」

鷹矢《たかや》がするように、春樹《はるき》の指が、優真《ゆうま》の胸を探る。

「あっ」

（そこを触られると、俺は……）

じわりと甘い熱が広がるのを覚悟《かくご》した優真《ゆうま》だったが、いつものように痺《しび》れるような感覚がやってこないのに気づいて、思わず息をのむ。

「どう？　感じる？」

「いや、あの……」

全然と答えるのも早計《そうけい》な気がして、とりあえずごまかす。

鷹矢《たかや》が冬一郎《とういちろう》とそんな関係になったのならば、自分も特に操《みさお》を立てる必要がないのだと、なんとなく投げやりな気持ちになっていたのかもしれない。

（春樹《はるき》は、鷹矢《たかや》と違って、可愛い下僕《げぼく》になってくれそうだしな）

無理やり自分を説得中《せっとくちゅう》の優真《ゆうま》に、春樹《はるき》が訊《き》いた。

「じゃあ、じかに舐《な》めていい？」

「あ、あぁ」

ナマ乳首《ちくび》、ナマ乳首と嬉しそうにつぶやきながら、春樹《はるき》は優真《ゆうま》のシャツのボタンを開いてゆく。

けれども、あらわになった突起《とっき》を舐《な》められても、飼《か》い犬《いぬ》に頬《ほお》を舐められたときと同じような、ちょっとくすぐったいだけの感じでしかなかった。

「可愛い。清純《せいじゅん》そうなピンク色で」

ちゅくっと吸いつかれても、やはり、あの耐《た》え難《がた》い快感はまったく湧《わ》き起こってこない。

（もしかして、俺に問題が？）

不感症《ふかんしょう》という言葉が、優真《ゆうま》の脳裏に浮かぶ。

ちょうど昼間に、うしろの席の連中が、その話をしていたのを、聞くともなしに耳にしていたのだ。

「悪い、春樹《はるき》。今日はちょっと……」

「ええっ？　そんなぁ。せっかくのチャンスなのに」

さっさとシャツのボタンを嵌《は》め直し始める優真《ゆうま》に、春樹《はるき》は情けない声をあげる。

近隣《きんりん》の女子校では、抱かれたい男ナンバーワンだと聞くのに、なんとも哀れだ。

「二人っきりになれる機会《きかい》なんて、めったにないいんだぜ。なぁ、機嫌《きげん》を直して」

「機嫌とか、そういう問題じゃなくて」

「だったら、やろうよ」

諦《あきら》めきれずに抱きついてくる春樹《はるき》を持て余しながら、優真《ゆうま》がため息をついたそのとき、廊下《ろうか》に続くドアがカチャリと開いた。

「あ……」

春樹《はるき》と二人では、こんなやばい状況になりようもないと油断《ゆだん》していただけに、鍵《かぎ》のことなど、まったく思い出しもしなかった。

当然ながら、開いたドアから中へ入ってきたのは、鷹矢《たかや》と冬一郎《とういちろう》の二人だった。

「なにをしている?」

冷ややかな冬一郎《とういちろう》の声に、春樹《はるき》は優真《ゆうま》から、ハッと身体を離す。

「えーっと」

「俺の頭の上で虫が飛びまわっててさ。それを春樹《はるき》がつかまえようとしてくれてたんだ」

あわてて云《い》い訳《わけ》する優真《ゆうま》を、春樹《はるき》も含めて、その場にいた全員が、ぽかんと見つめる。

「そういうことなら仕方ないな」

冬一郎《とういちろう》は肩をすくめると、大股《おおまた》で会長席まで近づいてきて、いきなり春樹《はるき》の襟首《えりくび》をつかまえた。

「春樹《はるき》には、ご褒美《ほうび》をあげないと」

「あ、アニキ。俺には気をつかってくれなくていいから」

露骨《ろこつ》にいやがる春樹《はるき》を、冬一郎《とういちろう》が奥のソファーにひっぱっていくのを、ぼんやり見守っていた優真《ゆうま》は、視線を感じて鷹矢《たかや》のほうを振り向いた。

「冬一郎《とういちろう》と、なに話してたんだ？」

「別に。来週の生徒総会の議題と進行について、話し合ってただけだよ。まとまったら、きみに決裁《けっさい》をもらおうと思って」

「そうか」

二人はどんな関係なんだと、喉《のど》から出そうになったけれども、結局そのまま口を噤《つぐ》む。

鷹矢《たかや》も、春樹《はるき》とのことは、なにも訊《き》いてはこない。

「優《ゆう》……」

「なに？」

鷹矢《たかや》に声《こえ》をかけられて、うつむいていた優真《ゆうま》は、びくりと顔を上げる。

(冬一郎《とういちろう》とのこと？　それとも、春樹《はるき》と俺のこと？)

もしかしたら、別れ話かもしれない。

そう思った途端《とたん》、優真《ゆうま》は、まるでどしゃ降《ぶ》りの朝のように、重苦しい湿気《しっけ》で胸がつまりそうになる。

（どうして？）

それこそが、待ち望んでいた展開のはずなのに……。

けれども、鷹矢《たかや》が口にしたのは、全然別のことだった。

「今夜、うちの実家《じっか》に行く約束、おぼえてるかなと思って。今朝、その話できなかったからさ」

「え？　ごめん。すっかり忘れてた」

そういえば、新婚生活《しんこんせいかつ》を始めてまもない頃に、ひい爺様《じいさま》の誕生祝いがあるから、その日は一緒に本家に泊《と》まると、鷹矢《たかや》から云《い》われていたのだ。

「服、ある？」

「うん。優華《ゆうか》に借りたままのが幾《いく》つか」

結婚式のときと違って、そこまで大げさな恰好《かっこう》をする必要はないので、少しは気が楽だ。腰まわりがぴっちりしていない服を、優華《ゆうか》が見繕《みつくろ》ってくれたので、一泊程度《いっぱくていど》なら、どうにかごまかせるだろう。

「じゃあ、準備があるから、そろそろ」

鷹矢《たかや》は、奥にいる二人に挨拶《あいさつ》すると、優真《ゆうま》を手招《てまね》く。

優真《ゆうま》は、自分がいそいそと鷹矢《たかや》のほうへ駆《か》け寄ろうとしているのに気づいて、あわてて面倒そうなそぶりをする。

「お先《さき》……」

廊下《ろうか》に出ると、誰も人がいないのを確かめて、鷹矢《たかや》がいきなり抱きしめてくる。

「なんだよ？　急に」

「抱きしめたくなっただけ……」

ささやくと、鷹矢《たかや》は有無《うむ》を云《い》わせず、優真《ゆうま》の唇を奪《うば》う。

「んっ！」

キスの途中で、冬一郎《とういちろう》と仲むつまじくブランコで肩を寄せ合っていた鷹矢《たかや》の笑顔を思い出して、優真《ゆうま》は、からみついてくる舌を思わず拒絶《きょぜつ》していた。

「ばか。学校じゃ、誰に見られるかわからないだろう」

気をつけろと肘《ひじ》で鷹矢《たかや》を押しのけて、優真《ゆうま》は先に立って歩き出す。

玄関《げんかん》の外へ出ようとすると、いきなり空が暗くなり、遠くで雷《かみなり》の鳴る音までが聞こえてきた。

「やっぱり……」

あのもぞもぞした感じは、近づいてくる湿《しめ》り気のせいだったのだろう。

「さっきまで、綺麗《きれい》な夕焼けだったのに」

追いついてきた鷹矢《たかや》が、優真《ゆうま》と肩を並べながら云《い》った。

「そんなものさ。人の心と一緒で、天気なんて、いつ変わるかわからない」

そんなあてつけがましいことを云《い》う自分が、少しいやになって、優真《ゆうま》は、ぽつぽつと降り出した小雨《こさめ》の中を、早足《はやあし》で歩き出す。

「待って……」

鷹矢《たかや》は、自分の上着を脱ぐと、優真《ゆうま》に頭からかぶせて、二人分のカバンを片手《かたて》でかかえた。

「急ごう」

かぶせた自分の上着ごしに優真《ゆうま》の肩を抱き寄せて、鷹矢《たかや》がうながす。

「ばか。おまえが濡《ぬ》れる」

「二人とも濡れるよりは、マシだよ」

鷹矢《たかや》がつぶやくのを聞いて、優真《ゆうま》は足をとめる。

「ちょっと待て」

優真《ゆうま》は、鷹矢《たかや》の上着を頭からかぶったまま、素早く自分の上着を脱ぐ。

そして、それを強引に鷹矢《たかや》に押しつけて云《い》った。

「選択肢《せんたくし》は、二人とも濡れるか、二人とも濡れないかの、どちらかだ。……だって、そう誓《ちか》っただろう！」

云《い》い捨てると、優真《ゆうま》は、あとも見ずに駆《か》け出す。

「優《ゆう》……」

振り向いた優真《ゆうま》は、追いかけてくる鷹矢《たかや》が、ちゃんと渡した上着をかぶっているのを確認して、なぜだか胸の奥が熱くなった。

「あと少しだ。走るぞ」

空《あ》いているほうの鷹矢《たかや》の腕に、自分の腕をからませて、優真《ゆうま》は二人の住むお城の明かりがまたたくほうへと、走り出していた。

二人が自室《じしつ》の玄関《げんかん》の中へ駆けこんだときには、雨は本降りになっていたが、優真《ゆうま》の胸の奥の湿《しめ》った空気は、学校にいたときよりもだいぶマシになっていた。

雨は降り出してからより、降る前が余計にうっとうしい。

「すっかり濡れちゃったね」

濡れたシャツの袖《そで》で、優真《ゆうま》の前髪から滴《したた》る雫《しずく》をぬぐおうとして、鷹矢《たかや》は苦笑《くしょう》を洩《も》らす。

「だな。制服はクリーニングに出さないと」

一階ロビーのコンシェルジュに、出かける前に預《あず》けていけばいい。

その前に……。

「僕たちが、お風呂入らなきゃね」

優真《ゆうま》の考えていることを、鷹矢《たかや》が代わりに云《い》ってくれる。

「あぁ」

「時間に余裕ないから、一緒に入ろう」

（かえって長くなるんじゃ……）

そう云《い》い返しそうになって、優真《ゆうま》はあわててうつむいた。

（いや。鷹矢《たかや》はもう、俺にそういう欲望は持っていないはず）

それを思うと、先刻《せんこく》途中でキスを拒《こば》んだのが、ひどく勿体《もったい》なかった気がしてくる。

だが、あれが、冬一郎《とういちろう》とのことをごまかそうとしてのキスなら、やはり拒んで正解だったのかもしれないと、優真《ゆうま》は思い直す。

（律儀《りちぎ》な男だから、きっと俺にも優しくしてくれようとしてるんだろうが……）

ふいに、ひどくみじめな気分になる。

情けなどかけられるよりは、さっさと捨てられたほうがいい。

……でも、本当にそうだろうか？

（もう少しだけ、ぬくもりにすがっていたい）

そんなふうに思うのは、いけないことなのだろうか？

「優《ゆう》、早く脱がないと、風邪《かぜ》ひいちゃうよ」

すでに上半身裸《はだか》になった鷹矢《たかや》が、バスタオルを持って戻ってきて、優真《ゆうま》を頭から包みこむように抱きしめる。

「鷹矢《たかや》……息ができない」

「あ、ごめん。つい」

あせって身体を離すと、鷹矢《たかや》は、玄関《げんかん》のオレンジ色のライトの下で、濡《ぬ》れてまたたく優《ゆう》真《ま》の瞳にそっと唇を押し当てて、余計な水分を吸いとった。

「早くおいで」

腕を引かれ、黒と上品な可愛いピンクで統一されたバスルームで、残った服を互《たが》いに脱がせ合う。

「なんだか、久しぶりに新婚《しんこん》気分」

「そうか？」

照れくさそうにささやく鷹矢《たかや》の、見惚《みと》れるほどに美しい身体から、優真《ゆうま》は目をそらす。

(なぜなんだ？)

鷹矢《たかや》の裸を目のあたりにしただけで、すでに股間《こかん》の恥知らずなものが反応している。

春樹《はるき》には、胸を舐《な》められても、なにも感じなかったのに。

(きっと、こいつの出している、妙《みょう》なフェロモンのせいだ)

優真《ゆうま》は、すべて鷹矢《たかや》のせいにして、ほんのりと熱で湿《しめ》った鷹矢《たかや》の身体に、自分の身体を押し当てた。

途端《とたん》、きつく抱きすくめられる。

重なり合う身体のあいだで、二つの獣《けもの》が荒々しく勃《た》ち上がっているのがわかる。

吸いつくような肌《はだ》の一体感が、たまらなく心地《ここち》いいのに……。

「だめだ、急がないと」

鷹矢《たかや》は身体を離して、シャワーを全開にする。

そして、先に自分を甘いピーチの香りのボディシャンプーで泡だらけにすると、優真《ゆうま》の腕をつかんで引き寄せながら、身体をすり寄せてきた。

「あ、ばかっ。そんな洗い方」

両腿《りょうもも》のあいだにも、泡《あわ》だらけの鷹矢《たかや》の膝《ひざ》がもぐりこんでくる。

同時に、抱き寄せられた腰の双丘《そうきゅう》を、てのひらが、ぬるぬると撫《な》でまわした。

「や、変になるっ」

「ごめん。これでも、いろいろ我慢《がまん》してるんだよ。わかって……」

切《せつ》なげにささやくと、鷹矢《たかや》は優真《ゆうま》を壁の大理石《だいりせき》のタイルに押しつけた。

「あぁっ」

これまで指でまさぐられていた谷間を、鷹矢《たかや》のかたい切《き》っ先《さき》がゆるやかに行き来する。

「ひぁん。もう、立っていられないっ」

「ほんと、優《ゆう》は感じやすいんだから」

がくりと崩れ落ちようとする優真《ゆうま》の胸を支えるついでに、鷹矢《たかや》は両手の泡を、ツンとふくらんだ突起《とっき》を中心に塗《ぬ》りつけてゆく。

「あっ、はぁっ、やぁっ」

鷹矢《たかや》の昂《たか》ぶりを誘いこむように、優真《ゆうま》は夢中で腰をすり寄せる。

「おまえにしか、感じない……」

喘《あえ》ぎまじりに告白すると、鷹矢《たかや》のそれは、さらにかたく優真《ゆうま》を突き上げた。

「ひ、あぁっ」

初めての夜に傷ついたその場所に、鷹矢《たかや》のものがあてがわれる。

けれども鷹矢《たかや》は、無理に押し入ったりはせずに、そのまま自分の手でそれを慰《なぐさ》め始めた。

「あぁっ」

鷹矢《たかや》の先端《せんたん》がどくんと脈《みゃく》打つのを感じた途端《とたん》、優真《ゆうま》のものは、触れられもせずに弾《はじ》ける。

弾けた優真《ゆうま》のものを、優しく洗うみたいに指先でいじりながら、鷹矢《たかや》もどくどくと熱い欲望を解《と》き放《はな》っていた。

ひいお爺様《じいさま》のお誕生パーティが終わり、胸が貧弱《ひんじゃく》なのが目立たないゴシックロリータ風の白いレースまみれのブラウスと、やはり幾重《いくえ》にもレースが重なった黒のスカートに、黒いストッキングとショートブーツ姿で、本家に幾《いく》つかある客用寝室のひとつに戻ってきた優真《ゆうま》は、ホッと息をついた。

どうにか今夜もばれずにすんだらしい。

鷹矢《たかや》は、ひいお爺様がなかなか離してくれないので、優真《ゆうま》だけでも先に部屋に戻れるよう手配してくれたのだ。

「元気な爺さんだぜ。少なくとも俺よりは長生きするだろう」

もう一度ため息をつくと、優真《ゆうま》はブーツを脱ぎ捨て、深紅《しんく》の調度品《ちょうどひん》で統一された天蓋《てんがい》付《つ》きベッドに飛び乗る。

「天蓋付きは、ひい爺様の趣味《しゅみ》か。鷹矢《たかや》の奴、つい最近まで、世の中のベッドは、すべて天蓋付きだと思ってたらしいから、驚きだぜ」

優真《ゆうま》は、服を着替えるのも面倒で、深紅のビロードに覆《おお》われたベッドにぐったりと倒れ伏《ふ》した。

化粧《けしょう》も、結婚式のときとは違って、ルージュを引いた程度なので、気にならない。そのルージュも、服などに触れても色がつかない便利な代物《しろもの》らしいし。

夕方からいろいろめまぐるしかったせいか、もうへとへとだ。

（鷹矢《たかや》が戻ってくるまで、横にならせてもらおう）

特に体力を消耗したのは、どう考えてもバスタイムだろう。

思い出すだけで、頬《ほお》が熱くなる。もちろん、身体の奥も……。

「あいつ、ほんと、エロいことを次々《つぎつぎ》に考《かん》えつくよな」

首に巻きついている黒いビロードのチョーカーの、中央にぶら下がった赤いバカラのハートを指でもてあそびながら、優真《ゆうま》はつぶやく。

目を閉じると、最後に、鷹矢《たかや》のすごいものに突かれた感覚が甦《よみがえ》って、また下腹が反応してしまった。

「やばい」

さすがにこの部屋にまでは、盗聴器《とうちょうき》だの隠しカメラだのはないと思うが、ここまでごまかしたのに、男だとばれたら、元も子もない。

（だからといって、優華《ゆうか》に続きの芝居《しばい》をやらせるわけにはいかないし）

鷹矢《たかや》が優華《ゆうか》と同じベットに寝ると考えただけで、頭に血がのぼる。

「絶対にいやだ！」

ビロードの枕《まくら》カバーの縁《ふち》をぎゅっと握りしめた瞬間、優真《ゆうま》は、自分がどちらに嫉妬《しっと》したのか気づいてしまって、心臓がとまりそうになった。

（今のは、間違いだよな？　優華《ゆうか》にあいつをとられたくないと思うなんて）

「疲《つか》れてるせいだ。でなきゃ、こんなこと、俺が考えるわけがない」

優真《ゆうま》は、自分に云《い》い聞《き》かせる。

(でも……)

たった今感じた胸の痛みは、鷹矢《たかや》が冬一郎《とういちろう》とつきあっているのかもしれないと知ったあのときの痛みと、同じものだ。

(もしかして、俺、鷹矢《たかや》に……?)

そこから先を考えようとすると、どくんどくんと心臓が跳《は》ねる。

デザートのケーキに、お酒でも入《はい》っていたのだろうか?

でなければ、媚薬《びやく》……。

(いや、いくら権謀術数《けんぼうじゅつすう》の渦巻《うずま》く朝比奈《あさひな》本家でも、そこまではやらないか? 別に三男《さんなん》の嫁《よめ》を淫乱《いんらん》にさせて、得をする奴なんていないだろうからな)

ひい爺様《じいさま》と鷹矢《たかや》以外には。

けれども、疲れ切って理性が眠りかけているからか、ひどく淫蕩《いんとう》な気分になる。

(鷹矢《たかや》のばかっ。さんざんお預け食わせたあとに、あんなの、反則だ)

ガードルできっちり押さえこんだ股間《こかん》がひくひくと疼《うず》いている。

「あっ」

思わず喘《あえ》いでしまって、優真《ゆうま》はとっさに両手で口を塞《ふさ》いだ。

誰が見ているわけでもないのに……。

（それより、ガードルだけでも脱いでいいかな？　変な気分になるのは、締《し》めつけてるせいかも）

そんな気がしてきて、優真《ゆうま》はうつぶせのまま、腰だけをあげて、黒いガードルを下ろそうとする。

そのとき、勢いよくドアの開く音がした。

（鷹矢《たかや》か？　よりによって、こんなときにっ）

ぴったりしたサポートタイプのガードルはストッキングとの摩擦《まさつ》のせいで、膝《ひざ》の上あたりにひっかかっている。

中途半端《ちゅうとはんぱ》な状態でその場に固まっている優真《ゆうま》の耳に、鷹矢《たかや》とは別の声が聞こえてきた。

「もういいよ。龍矢《たつや》はいっつもそれだ。云《い》い訳《わけ》なら聞きたくないっ」

（だ、誰だ？）

てっきり鷹矢《たかや》だとばかり思っていた優真《ゆうま》は、なおさらまずい状況なのを知って息を殺す。

「待てよ、雪矢《ゆきや》。誤解だって、云《い》ってるだろう。私は別に……。ん？」

（き、気づかれた？）

とりあえず、腰だけ突き出した状態よりはマシかと、両手をついて上半身を起こして、優真《ゆうま》は肩越しにおずおずと、声のするほうを振り返った。

「おや？　きみは、うちの三男坊《さんなんぼう》の花嫁《はなよめ》さんか？　さすが女子高生、ぴちぴちだね」

「あ……」

そこには、背の高い、やたらハンサムな青年が、鷹矢《たかや》とよく似た笑みを浮かべて立っていた。

その腕の中では、華奢《きゃしゃ》で髪の長い美人が、優真《ゆうま》の顔を驚いたように見つめている。

(そういえば、今、龍矢《たつや》と雪矢《ゆきや》って)

背の高いほうが、鷹矢《たかや》の長兄《ちょうけい》で、すでに会社をひとつまかされているはずの朝比奈龍《あさひなたつ》矢《や》。そして、もう一人は、次兄《じけい》で美大生《びだいせい》の雪矢《ゆきや》だ。

「あの……。すみません。ちょうど着替えの途中で」

できるだけ、声を高めに答えながら、優真《ゆうま》は真っ赤になる。

(お兄様方が、なぜここに？)

優真《ゆうま》の心の声が聞こえたのか、龍矢《たつや》が軽く肩をすくめて答えた。

「悪かったね。隣《となり》の部屋で休んでいたんだが、ここをきみたちが使っているとは知らなくて。いつもは空《あ》いてるから……」

「繋《つな》がってるんだ、あの扉《とびら》で」

雪矢《ゆきや》の視線を追うと、ただの鏡張《かがみば》りの壁とばかり思っていた場所がドアになっていたらしく、半《なか》ば開いていた。

「それより、手伝ってあげようか？　それ……」

四《よ》つん這《ば》いのままで呆然《ぼうぜん》としていた優真《ゆうま》は、龍矢《たつや》の視線が膝《ひざ》のあたりに落ちるのを見て、あわてて膝立ちになりながら、両手でスカートのうしろをひっぱった。

「だ、大丈夫です。鷹矢《たかや》ももうすぐ戻ってくると思うので」

「熱いね」

龍矢《たつや》にからかわれて、優真《ゆうま》はますます赤くなる。

「ち、違います。鷹矢《たかや》とは、喧嘩《けんか》ばかりで……」

(俺、なに云《い》ってるんだ？　仲むつまじいと思われなきゃいけないのに)

「ふーん。犬も食わないって、あれか？」

雪矢《ゆきや》が、不機嫌《ふきげん》そうに云《い》う。

「まぁまぁ」

雪矢《ゆきや》をなだめると、龍矢《たつや》は、ガードルを膝にからませたままベッドで正座している優真《ゆうま》の横に、スッと腰をおろした。

「雪矢《ゆきや》は、鷹矢《たかや》をとても可愛がっているから、きみにやきもちを妬《や》いているんだよ。でも、こんなに可愛いお嫁《よめ》さんが来てくれて、鷹矢《たかや》は本当に幸せだな」

龍矢《たつや》はささやくと、股間《こかん》をかばうように膝《ひざ》に置いていた優真《ゆうま》の手を、スッと握《にぎ》る。

「……っ！」

「龍矢《たつや》、なにやってるんだよ？」

その手を引き剥《は》がそうと、雪矢《ゆきや》まで二人のあいだに割りこんでくる。

雪矢《ゆきや》の手が、龍矢《たつや》の手に重なるのを見て、優真《ゆうま》はごくりと生唾をのみこんだ。

そのまま少しでも手を動かされたら、その下にある男のふくらみに気づかれてしまう。

「あ、あのっ」

義兄《ぎけい》の手の届かない位置に身体をのがそうとした拍子に、ガードルの抵抗にあって、優《ゆう》真《ま》は横向きにベッドに倒れこんだ。

「あっ」

そればかりか、スカートが腰のあたりまでめくれてしまって。

二人の兄の視線が、そこに注《そそ》がれるのを見て、優真《ゆうま》は、ゲームの終了を覚悟《かくご》する。

（終わったな）

「おいおい、大丈夫かい？」

助け起こそうと手を伸ばしてくる龍矢《たつや》に上腕《じょうわん》をつかまれ、あおむけにされかけたそのとき……。

ノックの音がして、優真《ゆうま》は、すがるように顔をあげた。

返事も待たずに開いた廊下側《ろうかがわ》の扉《とびら》から、鷹矢《たかや》がすべりこんでくる。

「優《ゆう》、ごめん。遅くなって……。あ……」

鷹矢《たかや》は自分の花嫁《はなよめ》と二人の兄がもつれ合っている（ように見える）ベッドに目をやった途端《とたん》、浮かべていたさわやかな笑顔をかなぐり捨てて、大股《おおまた》で彼らのほうへ突進してきた。

「兄さんたち、これはどういうことですか？」

「鷹矢《たかや》、違うっ」

あわてて優真《ゆうま》が説明しようとするけれど……。

鷹矢《たかや》は問答無用《もんどうむよう》とばかりに、兄たちを押しのけ、ベッドの上の優真《ゆうま》を腕に抱き上げた。

「帰ろう……」

「え？」

「すみません。急用ができたので、また日をあらためて」

兄たちに慇懃《いんぎん》無礼《ぶれい》な挨拶《あいさつ》を残すと、鷹矢《たかや》は振り返りもせずに、花嫁とともに客用寝室をあとにしていた。

「よかったのか？　お兄さんたちに、あんな態度をとって」

廊下《ろうか》を早足《はやあし》に進んでゆく鷹矢《たかや》の首に両手でしがみつきながら、優真《ゆうま》は訊《き》く。

「いいさ。僕の花嫁に、狼藉《ろうぜき》を働こうとしたんだから」

「それ、誤解《ごかい》だから」

「誤解？　悪戯《いたずら》されそうになってたわけじゃないんだ？」

鷹矢《たかや》は足をとめると、軽く首をかしげて、優真《ゆうま》を見つめた。

「あぁ。ちょっとした事故だ。でも、正体がばれそうだったんで、助かった」

優真《ゆうま》は、鷹矢《たかや》の頭をぎゅっと抱き寄せると、耳元で、感謝の言葉をささやいた。

すでに招待客《しょうたいきゃく》は、帰宅するか、それぞれの客室にひきあげたあとで、廊下《ろうか》に人がいなくてよかったと、優真《ゆうま》は吐息《といき》を洩《も》らす。

「でも、兄さんたちに、悪いことしたかな」

「かまわないよ。僕があとで謝《あやま》っておくから」

「あ……。靴《くつ》、忘れてきた」

思い出して、来た道を振り返りながら、優真《ゆうま》が洩《も》らす。

しかし、鷹矢《たかや》は、取りに戻るという選択肢《せんたくし》にはまったく見向きもせずに、玄関《げんかん》の車寄《くるまよ》せに待機《たいき》している黒塗りのタクシーに、優真《ゆうま》を押しこんだ。

続いて、自分も乗りこんで、運転手に行く先を告《つ》げる。

「靴なら、明日にでも、ほかの荷物と一緒に運んできてもらうから平気だよ」

雨の中をすべり出すタクシーの窓から、背後の森に抱かれるように黒々《くろぐろ》と広がる実家《じっか》の影をちらりと見遣《みや》りながら、鷹矢《たかや》は、先刻《せんこく》の優真《ゆうま》の言葉に答える。

「けど、向こうについてからはどうするんだよ」

「僕が抱いて運んであげるに、決まってるだろう」

優真《ゆうま》の腰を抱き寄せながら、鷹矢《たかや》はひそかにささやいた。

約束通り、タクシーから優真《ゆうま》を抱き下ろした鷹矢《たかや》は、そのままエレベーターに乗りこみ、自室玄関《じしつげんかん》の前まで運んでいく。

鍵《かぎ》を開けて、優真《ゆうま》を抱いたまま玄関のドアをくぐり抜けた鷹矢《たかや》は、思わせぶりに、ふふっと笑った。

「なんだよ？」

胡散臭《うさんくさ》そうに訊《き》く優真《ゆうま》を抱き直して、鷹矢《たかや》は幸せそうに耳打ちする。

「こうやって、花嫁《はなよめ》を抱いて運び入れるなんて、また新婚《しんこん》からやり直してるみたいだね」

「あ……」

優真《ゆうま》も、一ヶ月前のことを、まるで何十年も前の初々《ういうい》しかった頃の出来事のように思い出していた。

それと同時に、この一ヶ月のあいだに胸の中に降《ふ》り積《つ》もっていった、楽しかったことや哀《かな》しかったこと、そして、どちらともわからない切《せつ》ない想いが、一気にこみあげてきた。

「別れたほうがいいのかな？　俺たち……」

ふいにそんな言葉を口にする優真《ゆうま》を、鷹矢《たかや》は見つめる。

「きみは、僕と別れたいの？」

「違う……」

自分でも思いがけず、目の前が涙でにじむのを、優真《ゆうま》は感じた。

「でも、俺は優華《ゆうか》の身代わりで。その上、おまえの役にも立てなくて、今では、冬一郎《とういちろう》にも負けてる」

「なんの話？　僕にもわかるように教えてくれないかな」

少し怖い声になって、鷹矢《たかや》が訊《き》く。

「それって、玄関《げんかん》より、寝室《しんしつ》向《む》きの話かな？」

「多分……」

優真《ゆうま》がうなずくと、鷹矢《たかや》は靴《くつ》を脱ぎ捨てて、まっすぐに寝室へ進んでいった。

行儀《ぎょうぎ》のいい鷹矢《たかや》らしくない行動に、優真《ゆうま》はひそかに胸をときめかせる。

だが、すぐにそんな自分を、優真《ゆうま》は諌《いさ》めた。

（俺では、鷹矢《たかや》を充分《じゅうぶん》に悦《よろこ》ばせてやれない。それなら、いっそ自分から、身をひいたほうが）

そう考えただけで、なぜかまた目頭《めがしら》が熱くなって、優真《ゆうま》は鷹矢《たかや》の胸に顔を寄せながら、指の背でこっそりと目元をぬぐった。

「なにを考えてるのかな？　僕の花嫁《はなよめ》は……」

ベッドに優真《ゆうま》の身体を投げ下ろし、その上にすぐに重なって、顔を覗《のぞ》きこみながら、鷹《たか》矢《や》が問いただす。

「いろいろだ」

鷹矢《たかや》の視線が熱すぎて、思わず顔をそむけながら、優真《ゆうま》は答えた。

「いいよ。返事は急がなくても。……ゆっくり、身体に訊《き》いてあげるから」

そう云《い》うと、鷹矢《たかや》は優真《ゆうま》のスカートの中に手を差し入れて、膝《ひざ》にひっかかったままだったガードルを、ストッキングごと片手で容易《たやす》く脱がせてしまう。

「うそだ。あんなに俺がてこずったのに」

「こつがあるんだよ。なにをやるにしてもね」

鷹矢《たかや》は、優真《ゆうま》の目元に軽くキスをして、パーティ用のスーツの上着を脱ぎ捨てると、ドレスシャツの襟元《えりもと》をゆるめて、ふたたび優真《ゆうま》の上に身体を沈めてくる。

締《し》めつけるものをなくした優真《ゆうま》の股間《こかん》に、ズボンの膝をもぐりこませて、つきあたりのふくらみを優しく煽《あお》りながら、鷹矢《たかや》は最初の質問をした。

「きみが優華《ゆうか》ちゃんの身代わりなのは、最初からわかっているけど、まさか僕が本当に好きで結婚したかったのは、彼女のほうなんて、思ってないよね？」

「……思ってる」

優真《ゆうま》が答えると、鷹矢《たかや》は、いきなり咬《か》みつくみたいなキスをした。

「や、痛っ」

唇を軽く咬まれ、淫《みだ》らな生き物のようにからみついてくる鷹矢《たかや》の舌に、舌の付け根をきつく吸われるうちに、優真《ゆうま》の中に、痛み以外の熱い感覚がせりあがってくる。

「あ、んんっ」

のがれるつもりが、自分からも貪欲《どんよく》に舌をからませてしまい、優真《ゆうま》は、恥じらうように身をすくめた。

「ばかだよ、きみは。僕は最初に云《い》ったはずだ。一緒にかくれんぼをした子供の頃から、優真《ゆうま》、きみのことが好きだったって」

「でも……。俺はおまえと同じ男で」

「それがなに？　僕たちの愛の誓《ちか》いを、神様はちゃんと認《みと》めてくれただろう？」

鷹矢《たかや》はもう一度優真《ゆうま》の唇を吸う。

「で、冬一郎《とういちろう》がなんだって？」

「あっ」

いきなりブラウスの胸元を、引き裂く勢いで左右に開かれて、優真《ゆうま》は大きくのけぞった。

あらわになるピンク色の乳首《ちくび》にくちづけしながら、鷹矢《たかや》はさらに問い詰める。

「僕と彼の仲を、なぜ疑《うたが》ったりした？」

「それは……」

思わず優真《ゆうま》は口を噤《つぐ》む。

「僕が怒るようなことを考えるから、答えられないんだよね？」

顔をそむけて、優真《ゆうま》がうなずくと、鷹矢《たかや》は、今度は乳首に歯を立ててきた。

「あ、やっ。だめっ」

「そのわりには、優真《ゆうま》のここ、もうこんなに興奮してるよ。僕にいじめられたくて、たまらないって正直に云《い》えば、全部許《ゆる》してあげるけど、どうする？」

けれども、優真《ゆうま》は、両手で鷹矢《たかや》の腕にしがみつきながら、大きく首を横に振る。

「許してもらわなくていい。だって、俺は、鷹矢《たかや》を満足させてあげられない、だめな花嫁《はなよめ》だから」

「優《ゆう》？　なにを云《い》ってるんだ？　僕を満足させてくれるのは、この世にきみ一人しかいないよ？」

「え？　でも……。あっ」

双丘《そうきゆう》の谷間をまさぐっていた鷹矢《たかや》の指が、蕾《つぼみ》のあたりに触れるのを感じて、優真《ゆうま》はびくんと身をすくめる。

途端《とたん》、じわりとまた涙がにじんで、鷹矢《たかや》の綺麗《きれい》な顔がぼやけた。

「ここで、おまえを受け入れたいのに、できないから……。もう、するの、いやになったんだろう？　俺は花嫁失格《はなよめしっかく》だから、おまえにきらわれても仕方ない」

胸の中にわだかまっていた思いを吐《は》き出して、唇を咬《か》む優真《ゆうま》を、鷹矢《たかや》はきつく抱きしめた。

「ほんとに、ばかだ。そんなことで、僕がきみをきらうはずがないだろう？」

「わかってる。そんなこと、わかってるさ！　だから、つらいんじゃないか。おまえを気持ちよくさせてやりたいのに」

「わかったよ」

鷹矢《たかや》はうなずくと、優真《ゆうま》の服を、有無《うむ》を云《い》わせず、すべて剥《は》ぎ取る。

「あ、なに？」

「今夜は、きみがいやだと泣いても許《ゆる》さない。最後まで、やるよ」

そう宣言《せんげん》すると、鷹矢《たかや》は、自分も服を脱いで、全裸《ぜんら》になった。

「もっと早くそうするべきだった。でも、きみにきらわれるのが怖かったんだ」

「鷹矢《たかや》……」

唇が重なり、舌が甘くもつれ合う。

互いの身体をまさぐり合いながら、膝《ひざ》をからませて、波に揺られるみたいに、蜜《みつ》のような快感をむさぼる。

鷹矢《たかや》が、とろりとしたローションを、熱いてのひらで、秘められた場所に塗りこむのを、優真《ゆうま》は腰を浮かせて協力する。

「いいの？」

「あぁ。男に二言《にごん》はない」

「意地っ張りだな。でも、そんなきみも大好きだよ」

鷹矢《たかや》はとろけそうな声でささやくと、猛《たけ》ったたくましい先端《せんたん》で、ゆるやかに優真《ゆうま》の谷間をくすぐる。

「あっ、はぁんっ」

甘えてねだるような声が自分のだと知って、優真《ゆうま》は、とっさに指の背を咬《か》んだ。

恥ずかしくてたまらないのに、身体はもっと熱くなって、鷹矢《たかや》の熱い胸元にしがみつく。

「んっ」

出来心で鷹矢《たかや》の胸に唇を寄せると、腰の谷間を這《は》っていた熱いものが、さらにぎゅんと勢いよく反《そ》り返った。

「あ、やっ」

鷹矢《たかや》はもう限界だとばかりに、優真《ゆうま》の胸に吸いついてきながら、大きく腰を動かす。

「ひっ、あっ」

蕾《つぼみ》の上をこすりながら、鷹矢《たかや》のものが谷間を荒々しく行き来するのを感じて、優真《ゆうま》は不安になる。

「あ、鷹矢《たかや》……」

痛いとわかっているのに、中に入れてほしくてたまらずに、優真《ゆうま》は、鷹矢《たかや》のものに手を伸ばした。

すると鷹矢《たかや》の指が、ひくひくと誘っている優真《ゆうま》の蕾《つぼみ》の中にもぐりこんでくる。

「やっ、あっ」

とっさに扉《とびら》を閉ざそうとするけれど、二本の指で優しくほぐされて、優真《ゆうま》は夢中で腰をゆらめかせた。

ゆっくりと抜かれた鷹矢《たかや》の指が、今度は優真《ゆうま》の欲望にからみついてくる。

「気持ちいい？」

「うん。鷹矢《たかや》は？」

互いのものをしごき合いながら、優真《ゆうま》は夢心地《ゆめごこち》で訊《き》く。

「いいよ、すごく。でも、もっと気持ちいいことしよう。きみとひとつになりたい」

鷹矢《たかや》はささやくと、優真《ゆうま》の腰をつかまえた。

「あっ」

膝《ひざ》をかかえ上げられ、左右に開かされた内腿《うちもも》の奥に、かたくて熱い昂《たか》ぶりが突き立てられる。

「ひっ、あぁっ」

涙が出るのは、痛みのせいじゃなくて、快感と、もっと大切なあたたかいなにかのせい。

「好《す》きだ、鷹矢《たかや》、おまえだけが」

「僕も。絶対離さないから、覚悟《かくご》しておいて」

深い満足に包まれた熱すぎる時間が過ぎ、甘い陶酔《とうすい》の名残《なご》りにうっとりと身を任《まか》せている優真《ゆうま》に、鷹矢《たかや》が謝《あやま》る。

「ごめん。ほんとは、きみが許《ゆる》してくれなくても、今夜全部奪《うば》うつもりだった」

「鷹矢《たかや》……」

優真《ゆうま》は瞳を潤《うる》ませて、ようやくひとつになれた相手を見つめた。

「許すよ。だって俺たちは……永遠を誓《ちか》った仲だからな」

「優真《ゆうま》……」

鷹矢《たかや》も幸福そうに瞳を揺らして、優真《ゆうま》にくちづけながらささやく。

「雨の日も晴れの日も、きみだけに愛を捧《ささ》げることを誓います」

「俺も、おまえだけを……」

ライスシャワーのように降《ふ》り注《そそ》ぐ雨の音にも幸せを感じながら、優真《ゆうま》は、鷹矢《たかや》の熱い胸にしがみついていた。

巻末特典 花嫁は男子校の帝王♥キャラクター設定集

花嫁

朝比奈《あさひな》 優真《ゆうま》

黒凰館（こくおうかん）学院の成績優秀・眉目秀麗な生徒会長。鷹矢とは又従兄弟にあたる。学園では「黒凰館の帝王」と呼ばれている。溺愛する双子の妹・優華にだけはとことん甘い。2月22日生まれ・AB型・17歳。

◀優真の双子の妹。ちょっと見には、優真とそっくりな容姿をしている。現在全寮制の女子校で寮生活中

双子の妹・優華《ゆうか》

サマミヤ先生より一言

クールビューティーなキャラで、しかも「男子校の帝王」という設定だったので、偉そうな美人さんを目指しました。花嫁衣装を着た時に違和感がないよう、髪型は長めに設定。制服は、花嫁・花婿衣装をイメージして白を基調にしました♪

花婿

朝《あさ》比《ひ》奈《な》 鷹《たか》矢《や》

旧家・朝比奈家の本家の三男坊で、優真の又従兄弟。育ちがよく文武両道、さらにハンサムという完璧人間だが時折キチクな一面を見せ、優真をエッチに翻弄する。優真に対してのみかなり強い独占欲を見せる。4月25日生まれ・B型・18歳。

サマミヤ先生より一言

良家のお坊ちゃまなイメージです！　才色兼備な王子だけど、どことなく黒さが見え隠れする…そんなイメージでデザインしました。紋付袴姿もぜひ描いてみたかったです！

♥巻末描きおろしマンガ♥
NOと
いえない日本人
by
サマミヤアカザ
お兄ちゃん 優華《ゆうか》のために
身代わりになってくれてありがとう
いいんだよ…優華《ゆうか》
あのね……せめてものお礼にって、
優華《ゆうか》ちゃん僕たちのためにありがとう
どーーん
はいっ
これ作ったの!
つかってね!!
YES
い…
YES NO枕!!
ところでそれどっちも「YES」にしてもらっていい?
ニコ
おい、待てこら
ニコ
NO

サマミヤアカザ's FREE TALK

みなさま、はじめましてこんにちは！
挿絵を担当させていただきましたサマミヤと申します。
大好きな南原先生の、しかも大好物な花嫁ものです！
いろいろな意味で、まさかの展開に頭の中がカーニバルです。
そして魅力的なキャラクターに囲まれてうきうきでした。

優真のちょっぴり抜けたセルフツッコミが可愛くて可愛くて仕方ないのですよ。
とても楽しく描かせていただきました♪

南原先生、編集部担当様、そして読者の皆様。ありがとうございました♥
また機会がありましたら、その時はどうぞ宜しくお願いします。

サマミヤアカザ

あとがき

皆様、こんにちは。オニを愛しキュンに生きる愛のおにきゅん戦士★南原兼《なんばらけん》です。このたびはお日柄もよく、もえぎ文庫ピュアリー「花嫁《はなよめ》は男子校の帝王《ていおう》♥」を捕獲《ほかく》いただきまして、どうもありがとうございます。この本で、おにきゅん愛の伝道書《でんどうしょ》も１３６冊となりました。これからも、全力で頑張りますので、応援どうぞよろしくお願いします。

今回は花嫁話です♥　なぜ花嫁かといえば、昨秋《さくしゅう》、お友だちのＳ木《き》Ａみ先生と某吸血鬼《ぼうきゅうけつき》カフェの妖《あや》しい二人用半個室でドラキュラ晩餐《ばんさん》コース的なご飯を食べていたときに「最近流行のジャンル（花嫁・あらぶ・８９３さんとか）は作風的に無縁《むえん》なんだよねー。おまけに学園だし」という話をしていたら、「大丈夫。花嫁ならいけるよ」とＡみちゃんにすすめてもらって、「よし！　花嫁やるぞ！」とはりきった結果がこのお話だったりします。とはいっても、南原《なんばら》に普通に可愛い花嫁さんが書けるわけもなく、なんと男子校の帝王なんていう設定になっちゃいましたが（笑）。えらそうなのに隙《すき》ありまくりの美人くん受けと、優しい顔してキチクなオオカミさん攻めが大好きなので、今回のお話も書いててすごく楽しかったです。（Ａみちゃん、花嫁に開眼《かいがん》させてくれてありがとう♪　らぶ♥）

それにしても、鷹矢《たかや》様は、家では箸《はし》と嫁《よめ》の上げ下ろしくらいしかしない、お坊ちゃんな花婿《はなむこ》と見せかけて、かなりまめな旦那様《だんなさま》でしたね（性的な意味でも・笑）。優真《ゆうま》くんは、まず体力をつけないと、気絶してる間にまた恥ずかしい恰好《かっこう》に着せ替えられちゃう危険、大。機会があればぜひ、今回はゲスト出演だったお兄様方や、ハンサムな番犬《ばんけん》くんたち、そして鷹矢《たかや》と優真《ゆうま》の新婚生活をもっとあれこれご披露《ひろう》したいと思いますので、編集部までリクエストよろしくです〜♪

サマミヤアカザ先生《せんせい》♥　お忙しい中、素敵すぎるイラストの数々、本当にありがとうございました。キャララフを拝見《はいけん》した瞬間に、興奮のあまり叫んでしまいました。胸きゅんなイラストにアドレナリン大噴出《だいふんしゅつ》です！　お身体に気をつけてお仕事頑張ってくださいね。ぜひまたおつきあいよろしくお願いします♪　そして、この本の発行にあたり大変お世話になりました担当様方、関連各社のスタッフの皆々様にも心から感謝を捧《ささ》げます。

最後になりましたが、読んでくださった皆様、うるとらすぺしゃるありがとうございます！　女の子のためのクチコミ＆投稿マガジンへのご感想＆投票も、いつも超絶感謝です。ピュアリーの各シリーズともども、この男子校の花嫁シリーズも、ご布教かつ、ご感想、どうぞよろしくお願いします♪　南原《なんばら》のお仕事情報等は、公式ＨＰ『おにきゅん帝国』でチェキよろしく〜。ぶっちゃけ情報満載の無料メルマガもありますので、ご登録いただけると幸せです。発売中のフェアラルカ＆秘密があるシリーズのドラマＣＤも、どうぞよろしく〜！　ではでは、また笑顔でお逢《あ》いし魔性《ましょう》♪

愛をこめて♥南原兼《なんばらけん》＆１０８おきちく守護霊軍団《しゅごれいぐんだん》

花嫁は男子校の帝王♥

2009年3月6日　初版発行

制作協力者一覧

文	南原 兼
イラスト	サマミヤアカザ
カバーデザイン	office609★
本文デザイン	古橋幸子　office609★
発行人	大野正道
編集人	織田信雄
総括編集長	近藤一彦
制作編集長	岡部文都子
企画編集	オーパーツ
発行所	株式会社学習研究社 〒141-8510 東京都品川区西五反田2-11-8
印刷所・製本所	凸版印刷株式会社

この本に関する各種のお問い合わせは、次のところにご連絡ください。

●編集内容については☎03-6431-1499(編集部直通)

●在庫、不良品(落丁、乱丁)については☎03-6431-1201(出版販売部)

●それ以外のこの本に関するお問い合わせは、学研お客様センターへ

文書は〒141-8510 東京都品川区西五反田2-11-8 学研お客様センター「もえぎ文庫ピュアリー」係　電話は03-6431-1002

●この本は製版フィルムを使用しないCTP方式で印刷しています。